要是沈从文看到黄永玉的文章

张新颖 著

上海文艺出版社

布罗茨基曾经斩截地说：一个人写作时，"他最直接的对象并非他的同辈，更不是其后代，而是其先驱。是那些给了他语言的人，是那些给了他形式的人"。

黄永玉说："我感到周围有朋友在等着看我，有沈从文、有萧乾在盯着我，我们仿佛要对对口径，我每写一章，就在想，要是他们看的时候会怎么想。如果他们在的话，哪怕只有一个人在。比如如果萧乾还活着，我估计他看了肯定开心得不得了。表叔如果看到了，他会在旁边写注，注的内容可能比我写的还要多。"

要是沈从文看到黄永玉的文章，这个假设，却有着极其现实的重要性，不是对于已逝的人，而是对于活着的人，对于活着还要写作的人。

这个假设，不是要一个答案，来解决这个问题，从而结束这个假设。而是，活着的人把它展开，用写作把它展开，并持续地伴随着写作。它成为写作的启发、推动、支持、监督、对话，它变成了写作的动力机制中特殊的重要因素。

沈从文与黄永玉
"一九五〇年摄于北京沙滩中老胡同北大教授宿舍 摄影者冯至先生"

目 次

序　"黄永玉是个小天才"　　李　辉 ...1

†

黄永玉先生聊天记 ...1
要是沈从文看到黄永玉的文章 ...53
赞美自己编歌唱的生命 ...63

†

与谁说这么多话
黄永玉《无愁河的浪荡汉子·朱雀城》　...69
这些话里的意思
再谈黄永玉《无愁河的浪荡汉子·朱雀城》　...85

少年多谢相遇的世界
黄永玉《无愁河的浪荡汉子·八年》 ... 101

汪曾祺和黄永玉:上海的事情
《无愁河的浪荡汉子》里的叙述及其他文字 ... 119

†

一个传奇的本事续
李辉《传奇黄永玉》读记 ... 137

这一部作品和这一个读者
谈周毅《沿着无愁河到凤凰》 ... 149

纪念周毅:存下一些话,几首诗 ... 163

序 "黄永玉是个小天才"

李辉

"二〇一四年七月底,忽然收到李辉邮件:'黄先生八月四日九十岁生日,下午要办一个小范围的自助生日宴,黄先生问我,你有无可能来参加?请回复。'"哪里有不参加的道理!张新颖还没有见过黄先生,这么意外的好机会,怎么会错过。

我带着张新颖走进太阳城,与黄先生见面。九十大寿的日子,张新颖与黄永玉先生聊了好久。

黄先生先是哈哈笑,说起话来就神情严肃,说到沈从文:"噢,他,他是很会超脱的,他是很真实的,他已经超脱自己遭遇之外。不止他一个人,还有一个郑可先生,一个老先生,他也是。郑可先生比我早回来一年，从香港，并不等于他自己生活得非常好了，或者怎么样了，就很朦胧，很蒙昧。当时大家都看到好的一方面，个人的遭遇可以忍受，是吧；那么后来就感觉到……比如说住的地方，每一个教授都这么差，可大家都开心，感觉到朴素，大家都应该去怎么样，没有想到另外一方面的问题。我一回来就这样。香港的生活当然比这里好，一回来怎么这样呢？连我尊敬的人生活也是这样的，想那一定是有道理的，哈哈。所以说，基本上是很超脱。"

张新颖其实早在多年之前，就开始研究沈从文先生。他读了《从文家书》，知道沈从文的文章与书信，都是了不起的故事。张新颖写沈从文传，第一本是《沈从文的后半生》。过了几年，他再写出《沈从文的前半生》。这两本书，已经成为许多读者颇为喜爱的书。

在与黄先生聊天时，张新颖问黄先生，沈从文在干校期间写的《来的是谁》，您好像不姓黄。

黄先生告诉张新颖：

"我本来姓张的。不晓得祖宗犯了什么法。有种传说是，我们湖南的房子都是板壁，木板墙，隔壁是个国舅,或者国舅的亲戚,我们这边小孩在念书——我们开私塾馆的,几百年都是教书的——他在隔壁那边看,这边的小孩拿着香棍把他眼睛戳瞎了。犯罪了,之后就跑到云南去,跑到云南多少年,再回来,改姓。这是我听说的。"

一九七一年六月上旬,正在中央美院河北磁县"五七干校"劳动的黄永玉,突然收到沈从文寄来的邮件,厚厚一叠。他回忆说:

> 我打开一看,原来是有关我黄家家世的长篇小说的一个楔子《来的是谁》,情调哀凄且富于幻想神话意味。……那种地方、那个时候、那种条件,他老人家忽然正儿八经用蝇头行草写起那么从容的小说来?……解放以后,他可从未如此这般地动过脑子。……于是,那最深邃的、从未发掘过的儿时的宝藏油然浮出水面。这东西既大有可写,且不犯言涉,所以一口气写了八千多字。
>
> (《给刘一友的信》,载《文星街大哥》)

沈从文的小说开篇，渲染出神秘、魔幻的气氛，把"姓黄还是姓张"的悬念，与一位不期而至的老人的飘然而去，一并留给了小说中的黄氏一家人。

黄先生告诉张新颖："沈从文，可惜，没写下去。"

结识黄先生许多年了，一直想写他的一生跌宕起伏的故事。后来，我终于写了一本《传奇黄永玉》，由人民日报出版社出版。几年之后，再次添加一些内容，改由湖南美术出版社出版一个修订本。

往事与故人总是无法割舍。文章虽未写，汪曾祺却一直是黄永玉的话题。

"我的画只有他最懂。"谈到汪曾祺，黄永玉常爱这么说。

多年来，他不止一次提到这样一件事："当年汪曾祺在上海，给表叔去过一封信，信中说，如果现在有人在黄永玉身上投资，以后肯定不会后悔。"说完，他再补充一句："这封信表叔后来交给我了，要是能找到就好了。"

未料想，二〇〇八年，汪曾祺写给沈从文的这一重要信件真的找到了！六页稿纸，实为同一时期写的前后两封信。信未注明年份，写信日期分别为"七月十五日"和"七月十六日"，据信所述，系在与黄永玉初次见面后的第二天。黄永玉抵达上海是在一九四六年的年底，离开上海是在一九四八年三月，由此推断，汪曾祺信写于一九四七年七月。

汪曾祺与黄永玉的见面，应是受其恩师沈从文的委托，这就难怪在两人见面的第二天，汪曾祺就写长信详谈见面细节与印象，颇有向在北平的沈从文"汇报"的意味——因此时的沈从文，尚未见过已经长大并成为木刻家的表侄。

七月十五日，汪曾祺写信给他的老师沈从文，说他昨天才初次见面的黄永玉是个"小天才"：

六页信纸已泛黄，字很小，密密麻麻，洋洋洒洒写了差不多五千字。涉及黄永玉的内容集中在七月十五日的信中。

汪曾祺首先向沈从文通报与黄永玉的见面经过以及对其木刻作品的印象：

> 昨天黄永玉（我们初次见面）来，发了许多牢

骚。我劝他还是自己寂寞一点作点事,不要太跟他们接近。

黄永玉是个小天才,看样子即比他的那些小朋友们高出很多。……他长得漂亮,一副聪明样子。因为他聪明,这是大家都可见的,多有木刻家不免自惭形秽,于是都不给他帮忙,且尽力压挠其发展。他参与全国木刻展览,出品多至十余幅,皆有可看处,至引人注意。于是,来了,有人批评说这是个不好的方向,太艺术了。……他那幅很大的《苗家傩神舞》为苏联单独购去,又引起大家嫉妒。他还说了许多木刻家们的可笑事情,谈话时可说来笑笑,写出来却无甚意思了。

真有眼光的应当对他投资,我想绝不蚀本。若不相信,我可以身家作保!我从来没有对同辈人有一种想跟他有长时期关系的愿望,他是第一个。您这个作表叔的,即使真写不出文章来了,扶植这么一个外甥(应是侄儿——修订)也就算很大的功业了。

(汪曾祺致沈从文书信)

几年之后,一九五一年一月六日,黄永玉将在香港思豪酒店举办为期一周的第二次个展。汪曾祺得知消息,于一九五〇年十二月四日在北京写下一文寄到香港,这是他第一次正式公开评论黄永玉。该文一九五一年一月七日发表于香港《大公报》副刊,题为《寄到永玉的展览会上》。

文章开篇,汪曾祺以他们的上海生活为背景,生动地为读者描述出一个充满活力的黄永玉:

> 我和永玉不相见,已经不少日子了。究竟多少日子,我记不上来。永玉可能是记得的。永玉的记性真好!听说今年春夏间他在北京的时候,还在沈家说了许多我们从前在上海时的琐事,还向小龙小虎背诵过我在上海所写而没有在那里发表过的文章里的一些句子:"麻大叔不姓麻,脸麻……"我想来想去,这样的句子我好像是写过的,是一篇什么文章可一点想不起来了!因为永玉的特殊的精力充沛的神情和声调,他给这些句子灌注了本来没有的强烈的可笑的成分,小龙小虎后来还不时的忽然提

起来，两个人大笑不止。在他们的大笑里，是也可以看出永玉的力量来的。

上海的事情我是不能像永玉那样的生动新鲜的记得了，得要静静的细细的想，才能叫一些细节活动起来。

（《寄到永玉的展览会上》）

在汪曾祺看来，这一特殊能力，正是黄永玉的一个优势，将有助于其未来的艺术发展。在这篇文章的另外一处，汪曾祺说："永玉是有丰富的生活的，他自己从小到大的经历都是我们无法梦见的故事，他的特殊的好'记性'，他的对事物的多情的，过目不忘的感受，是他的不竭的创作的源泉。"黄永玉后来的绘画与文学创作，恰恰生动而丰富地诠释汪曾祺的这一见解。

多年之后，一九七四年发生了"黑画事件"。大约三十年后，万万没有想到，文中所提及的涉及"黑画事件"的批示原件，竟然在二〇〇八年的春天浮出了水面，并令不少收藏爱好者眼睛一亮。蛛丝马迹，机缘巧合，最终它凑巧落在我的手中。

薄薄一页纸,份量何其沉重!

于会泳一九七四年三月二十五日写给姚文元的一封信,在上面先后作批示的依次为姚文元、张春桥、江青。于会泳用的是一页"全国美术作品展览办公室"的红头白底信笺,不知为何没有用"文化组"的公文信笺,也许因为文化组是临时部门,当时尚无信笺。

收到于会泳的请示后,姚文元并没有马上批复,而是拖了两周之后,才于四月十二日作出批示,并送呈张春桥和江青。姚文元批示用铅笔而写,由上而下,在空白处随意写来,布局颇不规范。批示如下:

关于批判一批"黑画"的文章,在我这里压了一些时候。主要考虑到:这类"画"如一批判,在国外肯定身价倍增,可以卖更多的钱,且画较形象,易被敌人利用造谣污蔑我。因此想了两个方案:(一)在北京日报上发,不转载;(二)暂不发表,待在某一时候正面介绍我社会主义艺术成就时有一个部分提到这些毒草。那个方案较妥,请春桥、江青同志阅批!

姚文元 12/4

两天之后,四月十四日,张春桥作出批示:

> 我倾向暂不发表,先在内部批,待适当的时候再讲。请酌。
>
> 春桥 四月十四

一天之后,四月十五日,江青最后作出批示:
同意春桥同志的意见。1974.4.15

读了这些批示,"初澜"文章之所以"夭折"之谜,应该说终于水落石出了。

写好《传奇黄永玉》一书,我将此封信呈送黄永玉先生——他是"黑画事件"当事人,由他收藏此文献,有着特殊的意义。

黄先生今年九十六岁了,记忆力之强,对人名、地名的理解,如数家珍。这些年,黄先生一直在写自己一生跌宕起伏的故事。他不止一次地说过,写作需要灵敏的感觉。这些灵敏的感觉,使黄永玉先生成为一个真正的传奇!

正因为如此,汪曾祺在一九四七年七月写给沈从

于会泳关于宗其香、黄永玉的"黑画"给姚文元的信文的信里才会说:黄永玉是个小天才!

二〇一九年九月二十七日

匆匆写于北京看云斋

黄永玉先生聊天记

一

二〇一四年七月底，忽然收到李辉邮件："黄先生八月四日九十岁生日，下午要办一个小范围的自助生日宴，黄先生问我，你有无可能来参加？请回复。"

哪里有不参加的道理！我还没有见过黄先生，这么意外的好机会，怎么会错过。那时候正值暑假，我在山东老家，就从青岛坐高铁到了北京。八月四日下午，先与李辉、应红会合，坐他们的车，去郊区顺义太阳城小区。

黄先生已经坐在小区会所里，西装，领带，烟斗。

一见面，我还没来得及贺寿，黄先生就说："你写的《沈从文的后半生》，事情我大都知道，但还是停不下来，读到天亮，读完了。原先零零碎碎的东西，你完整写出来，就固定下来了。"

我本来带了书送给黄先生，沈朝慧——沈从文当作女儿抚养的侄女，黄永玉的表妹——已经买了一本给他。李辉说，黄先生先读的还不是书，书还没印出来之前，就在《收获》上读了。

所以黄先生接下来说："也有缺憾，就是没有插图。"

我说："黄先生，我没有什么可插啊。您自己画，可我不会画。"《无愁河的浪荡汉子》在《收获》上连载，每期黄先生都画好几幅插图。

我坐在黄先生的右手边，人逐渐来，问候黄先生，我站起来让位置，几次之后，就坐到了黄先生左手边。黄先生发现了，指着右手边的椅子对我说，你还是坐到这边来，我这边的耳朵好一点，说话方便。

我问了一个不少读者问我的问题："黄先生，沈从文四九年、五〇年已经过得很不好了，为什么还写信让您回来？

黄先生先是哈哈笑，说起话来就神情严肃："噢，他，他是很会超脱的，他是很真实的，他已经超脱自己遭遇之外。不止他一个人，还有一个郑可先生，一个老先生，他也是。郑可先生比我早回来一年，从香港，并不等于他自己生活得非常好了，或者怎么样了，就很朦胧，很蒙昧。当时大家都看到好的一方面，个人的遭遇可以忍受，是吧；那么后来就感觉到……比如说住的地方，每一个教授都这么差，可大家都开心，感觉到朴素，大家都应该去怎么样，没有想到另外一方面的问题。我一回来就这样。香港的生活当然比这里好，一回来怎么这样呢？连我尊敬的人生活也是这样的，想那一定是有道理的，哈哈。所以说，基本上是很超脱。"

接着，黄先生讲了一个故事："沈从文有个年轻时候的朋友，是我的干爹，叫作朱早观，中央军委办公厅副主任。他是沈从文当年的小朋友，而且是我爸爸的亲家，他们的好朋友。这个人，脾气听说很怪，怪到什么程度呢，在延安的时候，让他做贺龙的参谋长，贺龙都不敢要，让他做彭德怀的参谋长，彭德怀不敢要，最后呢,王震要了,做了王震的参谋长,一直做到解放,打仗很厉害。解放不久,他跑去看沈从文,抱了个大西瓜,'你看啊,你要是早帮共产党,现在就不是这个样子了。'好意,但是军人的那个表达法,粗,直。所以那种气势,压力很大。朱早观的那几句话,给他,也不好受。'啊,哈哈哈,你要是当时帮着共产党,你今天就不怎样怎样,你看丁玲,啊,你看现在人家怎么怎么样……'"

凤凰旧友、苗族将领朱早观到中老胡同看望沈从文,时间是一九四九年六月,其时沈从文正处在自杀之后的精神恢复过程中。

黑妮过来,请父亲切蛋糕。谁说了一句,昨天这么热,今天这么凉快。黄先生道:"因为我生日嘛,当然天气好了。"大家都笑了。

再坐下来,话题转到《无愁河的浪荡汉子》,第一部三大本八十万字已经出版了,第二部仍然在《收获》上连载。喜欢的人期待,每两个月才能看一段,两三万字;也有不喜欢的人,非常发愁,怎么还不完、还不完啊。嘿嘿,早着呢,第二部走出了凤凰,走上了社会，但还只是一个十几岁的少年。

"我现在写另外一个环境了，不是家乡。那个社会的学问很深奥。你比如说，当时的泉州，泉州的开元寺，有一个剧团，从宋朝传下来，它演的戏呀，佛经故事，还有宋朝的打诨，包括演完戏还有角斗，这都是传统。同泉州其他的戏，高甲戏啊，什么戏，不一样。我能够那么地碰到，真不简单。"

"这个跟您的注意力也有关。也有很多人碰到，不注意就……"

"本地人就都不注意。"

"您的记忆力真好，很多的细节都记得清清楚楚。"

"现在有的人说，我的人名太多了，是个缺点。我说我不写这个人名，事儿就出不来。人是跟着事儿出来的，没有人，就没有事儿。十一月份，我就特别写了一段声明，讲这个问题。我说，现在人名太多，你不要认真去看它，晃过去就行了。几百个上千个人的名字，你记它干嘛！你就记事情，这个事情是严肃的。我本来想写当代的文章，开头改了四五次，他们嫌故事太少。这是个大故事。后来我把这几段删掉了。你就往下看。看什么呢？老朋友，天天见面，哪有这么多故事嘛？不可能啊。讲啰里啰嗦的事！我就是讲这么啰里啰嗦的那一类事。最后我用'我与我周旋久，宁作我'那一段，我说，我找'我'也找了半辈子，就这么写就完了，不写别的。"

黄先生抽了口烟，又说："还有，对悲剧，不发感叹，就把这个端出来就是了。"

又抽一口烟。"有个老头在乡下，专门研究李卓吾的，泉州的李卓吾，很多的版本他都有，是个小地主一样的人，村子里面非常富裕，我的同学在这个村子，福建南安。他喜欢我，让我到他楼上去，打开柜子，看，不要走近，你远远地看，他介绍，版本什么的。介绍到一半，他说，'我累了，腰都酸了，下半你不用我介绍了，我就不介绍给你了。'我说，'我是不是可以摸一下？'他说，'你不能摸。'"

黄先生讲得我跟他一起笑起来。

"那是四十年代嘛，我说，'现在你不要不好过。我长大了，来陪你，等赶走了日本人，我就来陪你去访书，我们到建瓯、到福州、到哪儿去访书。'他就算，十年、二十年、三十年,他笑,'长大你不可能陪我访书的,你讨老婆,生孩子,哪里有空!'我说,'我带了老婆孩子一起来陪你访书。'他掐着指头算,十年、二十年、三十年,'那我等你来,你可一定要来。'五十年代他大概就没有了,地主,抄书,肯定没有了。我就不说这个,就只把事情说出来。他在泉州一代是最权威的……这一生碰到很多这一类的人,包括沈从文,不要下结论,他怎么惨啊;就等于'伤痕文学',你写'伤痕'干什么,就写事情嘛。你不要以为人家都不懂,只有你懂,你把它写出来,不用的。"

《无愁河》正写到与这位乡下老人相遇的故事,《收获》的校样刚出来。

我跟黄先生说,《无愁河》第二部,《收获》正连载的这一部分,我看到您跟父亲告别的地方,特别感动。一个小孩劝慰父亲,不停地说话,说了一段,又说一段,还说一段,可是从头到尾,您没写父亲说话,一句没有。第二天父子分别,其实已是生死之别,您这个长篇那么"啰里啰嗦",可是到这关头,反倒俭省到吝啬,不肯多写一句。控制得这么厉害。

黄先生沉默了一小会儿。

"我父亲是二五年的党员,我妈妈是二三年的党员,现在很难想象。以前,我问我妈妈,你今年多大了?她说,跟润之同年;我说你见过吗?她说见过……"

"您书里用这个姓,张,张序子,沈从文《来的是谁》写您家,说不姓黄,本来姓张,有什么道理吗?"

"我本来姓张的。不晓得祖宗犯了什么法。有种传说是,我们湖南的房子都是板壁,木板墙,隔壁是个国舅,或者国舅的亲戚,我们这边小孩在念书——我们开私塾馆的,几百年都是教书的——他在隔壁那边看,这边的小孩拿着香棍把他眼睛戳瞎了。犯罪了,之后就跑到云南去,跑到云南多少年,再回来,改姓。这是我听说的。"

黄先生又说:"沈从文,可惜,没写下去。"

生日宴开始,自助餐,分散坐;还设一张大圆桌,八九个人,黄先生,沈朝慧和她丈夫、雕塑家刘焕章先生,我也被李辉安排在这一桌。我问刘先生年纪,他说是三〇年生的,八十五,比黄先生少六岁。黄先生高兴,一桌子欢声笑语不断。

宴后兴致更涨上来，几个人又去了黄先生家。黄先生最近找出沈从文的一幅字，才裱好，正好拿来，展开给大家看。

饭厅一面墙上一幅大画，画面居中，是黄永玉勾勒的屈原，线条简洁疏阔；围着画像，沈从文"秃笔"小字写楚辞，起笔写《九歌》，写完，意犹未尽，又写《九章》，从上到下，从右到左，满满当当，密密麻麻，约五十行，两三千字，止于《涉江》"与天地兮比寿，与日月兮齐光"。时在一九八二年，沈从文已经八十岁，写得这么酣畅淋漓，大有欲罢不能之势。

客厅挂着黄先生祖母的肖像，是沈从文的大哥沈云麓早年的炭笔画，黄先生竟然能在五十年代的北京找到。

黄先生拿出一瓶白酒，九十二度！这怎么喝啊？抿一小口，赶紧跟上几大口矿泉水，还是有马上要烧起来的感觉。一位老兄多喝了几杯，先告辞。半小时后又一位告辞，发现找不到自己的鞋：被前面那位老兄穿走了。打电话过去，已经醉到反复提醒也不觉得鞋有什么不对的程度。后一位只好穿着前一位的鞋离开。大家哄笑，你一言我一语编起故事，设想两位回家后如何向老婆交代。黄先生奇想谐谑，说得自己也大笑不已，眼睛眯成一条线。

十一点始散。李辉周到，让我明天单独和黄先生聊聊天，当晚我就住在小区里的宾馆，黑妮事先已经定好了。

二

八月五日上午十点，我到黄先生家，黑妮说，早就等着你了。在客厅坐下，黄先生先交给我《无愁河》校样，我回上海带给《收获》。校样是李辉昨天留下的，晚上我们散去之后，黄先生看了这两三万字，用红笔改了多处，精力真是让人惊奇。其中一幅插图印得有问题，黄先生标出之后，又特意在装校样的信封背面，再加提醒："洛阳桥插图分裂了，不知怎么一回事？请注意。"

"您昨天晚上是几点钟睡觉的？"

"我啊，一点多。"

"平常呢?"

"平常也是一点多,两点。最近看电视,到床上还在看,看摔跤啊,青海台啊,河南台啊。"

"那您一天睡几个小时啊?"

"我随时睡。无所谓的。"

"看电视的时间挺长?"

"有些时候长,看影碟啊。我主要有一点,工作时间是指定的,工作时间之外,随便做什么,不管自己的。"

"上午工作?"

"上午在写小说,下午就是外来的一些人,什么买画呀,买字呀,或者是看看零碎的书,做做笔记,反正这一类的事儿。"

"现在写文章用的时间,比画画用得多了。"

"可不,这样已经五六年了。连载,一催稿,就紧张。别的没有什么,画画很自由。"

"连载这个形式也挺好,没有这个形式逼着,您可能就拖了。"

"我就玩啊,或者什么了,那就不可能写完了……

所以李辉是监督员，我的监督员，很好。没有他的敦促，不是很容易写得完的。"

黄先生一边说话，一边抽烟斗，或者雪茄。我说您一直抽，影响不影响喉咙？黄先生反问道："你听我说话，觉得有什么影响没有？——也有一点，别人让我现在唱歌，我就唱不好了。"说完，哈哈笑。

我提起他的老朋友黄裳、谢蔚明，两位《文汇报》的老人。我在《文汇报》工作过四年，那时候他们都早已退休。谢蔚明有几年经常见，那也是在我离开报社之后，他就住在复旦附近，碰到就会被他拉住，说很长时间。有一次被他从路上拉到家里说话，那时候，他已经有九十了吧。黄裳只见过几次，印象深的是，他不说话。多年前南方一家报纸请客，一顿饭吃下来，他只说了两三句，还都是别人问，他回答的；还有一次，北京一个很有名的刊物在上海开座谈会，黄裳从头坐到尾，未发一言。

黄先生太熟悉老朋友的性情了，他说起黄裳："这么多朋友，只有我敢冒犯他。有的时候，我就住在他家，就批评他，谈什么问题。但也不是随时，有机会，就把他穷讲一顿。讲完呢，就算了。"

又说起另一个老朋友："上海还有个朋友，殷振家，我们认识了几十年。四十年代初，在江西赣州，我呢，进了他这个演剧二队，他又是大演员，又是导演，长得特别瘦，特别小，很有才华，跟张乐平他们在一起。我是一个小弟弟嘛，当时。那么，殷振家后来呢，就一直相忘于江湖。我知道他在上海。一直到九十年代，有一个小青年，在《苹果日报》工作的，他要回上海，我说，你回上海呀，你帮我打听一下，有这么一个朋友。他打听回来告诉我，说，还从来没见过有人过这么苦的日子。我说，怎么一回事呢？他的爱人锯了条腿，他所有的钱就都放到这个爱人身上。殷振家一解放，就安排在北京人艺，后来打回上海，先在戏剧学院，后来又弄到杨华生那里，搞滑稽戏。《七十二家房客》是他编的，从来没有他的名字。老出事，老出事，就这么一个朋友。但是呢，对朋友是很好，在赣州，同张乐平啊，我们关系都很好。所以老想念他。知道他这样的情况，我就赶紧去帮助他。有时给他画，他拿去卖啊，怎么怎么的，所以也买了个房子，儿子啊什么也看得起他了。所以每到上海就看两个人，一个谢蔚明，一个是殷振家。殷振家是先死。谢蔚明告诉我，我就跑到上海，去参加他的悼念会——也无所谓，也没有人开会。"

沉默了一会儿，黄先生又说："殷振家是真可惜，他这个演戏，演得可真好！就像石挥这样的……他爱人锯了一条腿，我赶快帮忙；缓过来了，又锯了一条腿，癌，然后就死了，是老北京美专的学生。我给他写很多信，回忆当年在赣州的情景，我一边写，一边就画插图：门口是什么样子，小街上突出一块，那个是厕所，上面有个烟囱，墙上用白灰写的'抗战必胜，建国必胜'，我都画出来了。我告诉李辉，这个信，你要把它找到就好了。"

"您有这个习惯，一边写到什么，在旁边就画起来了，是吧？"

"有的时候画，有的时候没有，不常常这样。"

"那您写这个小说，是写好了画，还是写到想插图的地方，就画？"

"写好了画。"

听黄先生聊天，唤起我非常熟悉的亲切的感觉。这个特别的感觉，是有很多年，在我的导师贾植芳先生的书房兼客厅里，养成的。贾先生去世已经好几年了，这种隐匿在身心里的感觉，初见黄先生，一下子就被激活了，仿佛重温。

"您还记不记得，四十年代在上海认识的贾植芳先生？"

"怎么不记得！好朋友。九十年代我回去，我找他了，找他聊天。他的话，山西话，是吧？有时候聊天，一半他爱人翻译给我听。这个人真是难得。"

我听贾先生谈起，他也在《狱里狱外》中写过，一九四七年他住虹口狄思威路（现在的溧阳路）亭子间，对门住着一群青年艺术家，搞木刻的李桦、麦秆、黄永玉，画漫画的方成、余所亚，贫穷，充实，热闹；他编《时事新报》副刊《青灯》，还发表过李桦、余所亚的木刻。这一群人中只有贾先生有家室，很自然就常常聚在他那里喝酒聊天，遇到没有钱的时候，贾师母任敏悄悄出去当了家里的衣物，买些吃的回来。后来他搬到吴淞路义丰里，还在某天深夜，夫妇二人去他们那里听贝多芬的《暴风雨》，没想到第二天暴风雨就真来了——他被捕了。

由贾先生这个"胡风分子",谈到胡风,以及胡风周围年轻的朋友们。

"我呢,跟胡风有过几次见面,没有什么关系。你比如说,乔冠华、邵荃麟他们,在香港给他开座谈会,这个是大事。当晚他就来找楼适夷。我跟楼适夷住在一个夹板房楼上,一个很好的洋房,中间隔了板,楼适夷在前头客厅,他们两个讲了一个通宵。我也懂不得这些事儿,那个时候二十多岁,也不关心这个事儿,一天到晚刻木刻,不懂什么政治问题。两个人讲哪,胡风就讲他的委屈。我在最后那个房,中间还隔了另外一个人的房。搞到半夜,楼适夷来向我们要点心,我也拿点心给他。这样一直到天亮。"

黄先生说:"胡风讲'到处是生活',是对的,但是你跟他们那些人谈什么!这么真诚地讲文学的规律,他们也不一定看得懂。没有用!这么多的人受牵连迫害,真是可惜,可惜。而且都是有能力的人,像路翎啊,彭燕郊啊,绿原啊,这帮人,好惨好惨,真是。胡风有一句话叫作'愧对战斗者',这句话是对的。现在有些人来做节目，我就说只一些事情，不像'伤痕文学'。我就说，怜悯，这种事情，学上帝的态度，在天上，唉呀，这么残忍，为什么这么残忍，为什么这么幼稚。"

停顿了好一会儿。抽烟，喝茶。

"'文革'之前的一两个月，方平写了一封信给我，他说，这么多年，你同共产党到底什么关系？他知道我没有入党。什么关系？我说这样吧，共产党就像一个三十多岁的农村妇女，去赶社会主义的火车，背着坛坛罐罐，我呢，是一个小孩儿，跟在她后面，天气热，路程这么远，距离越拉越远，这个时候，我忽然要吃冰棍儿，妈妈也不是很有钱，也烦，等我走近了，给了我一巴掌，一巴掌完了之后她照走，我怎么办？我说，我是一边哭一边跟。我不跟她跟谁呀，那个时候，几十年了。方平来信说，'收到你的信，我是半个月没有睡好。'

"知识分子，党外的知识分子，包括党内的，也是在一边哭一边跟。你怎么办呢，你跟了一辈子了，不跟你跟谁？

"'文革'以后就清楚了。我说，'我与我周旋久，宁作我'，找到自己了嘛，你跟谁呢，跟着自己好了。大家都说我幸好没有入党，包括党内的一些朋友都这么说，你没有入党好。入了党，都有集体，党内有派，你到哪一个派里面，有个利益问题，集体利益，帮派利益，那你就跑不掉了。不入党，别人给你麻烦是有的，谁都可以欺负你，踢你，但是关系不大，又不是生死问题。

"现在我就讲，幸好，没有群。没有群呢，想一想孤立，其实你自己去发奋，有群的人就不太发奋，只有嫉妒心，没有发奋。你受到欺负了，受到委屈了，回家发奋用功，用功成为习惯，那就变成物质力量了，很重大的物质力量，也快乐。"

三

一只大狗悄无声息地走过来，趴在黄先生坐的单人沙发旁边，黄先生抚摸着它。

"它几岁了？"

"六岁了。"

"长得好。您写过一幅字,'我认识的人越多,越喜欢狗。'"

"写过的。现在我的日子里,完全就是这些东西了。朋友也是这类的朋友,聊天,谈文化什么的,没有别的朋友。我酒也不喝,更也谈不上下棋,打牌,我都不会。"

"为什么您就不喝酒呢?"

"我的父亲也不喝酒,我的兄弟都不喝酒。但是我的爷爷是个大酒鬼,大到不得了。他帮熊希龄做事情,与熊希龄有亲戚关系,香山慈幼院是他盖的。他房间里面一墙都是酒坛子,我有个表兄帮他管酒坛子。他七十多岁退休回到湖南来,熊希龄在芷江还有个产业,他又到芷江去帮他管产业,所有的酒熊希龄派人从北京运到芷江。是个大酒鬼。"

"那您父亲不喝酒,跟您爷爷是个酒鬼,有没有关系?"

"我四叔——我父亲弟弟,我父亲是老三——四叔是大酒鬼,遗传给四叔不遗传给我父亲。我爷爷知道四叔是个大酒鬼,有时候回家乡了要骂他,喝醉了,骂不了，等第二天一大早再说吧；第二天一大早呢——他早午晚要喝三顿酒，早上四两——四两一下去就醉了，我四叔就没有机会挨骂，两个人参商之隔。叔叔在蚕业学校，养蚕教书，所以早晚碰不到头。我父亲是一滴酒也不能喝。"

"沈从文也不喝酒。"

"不喝，他家里大哥不喝，弟弟也不喝。"

"噢，他弟弟是军人，也不喝?"

"不喝，应酬可以。我的四叔，后来在沈从文弟弟那里当副官，喝醉酒就骂他，他们表兄弟呀，就骂娘。然后，我这个三表叔呢——就是昨天那个表妹的爸爸——就打他屁股，叫兵打屁股，他骂娘嘛。第二天醒过来，我四叔也不知道屁股怎么这么疼，不知道怎么一回事。人家就告诉他，你骂娘，他就很不好意思。那个部队，都是家乡子弟，就等于是个大家庭，谁打谁啊，干什么，都知道。"

"你们那个地方的人，当兵特别勇敢，也很惨。"

"在嘉善。"

"在嘉善和日本人一仗，沈从文弟弟——您三表叔——带的部队,很惨。"

"前面《无愁河》,我写了不少这个三表叔。"

"那你们家跟熊希龄,到底是一个什么亲戚关系?"

"不知道,我爷爷知道,他们有亲戚关系。"

"那沈从文家也说不大清楚是什么亲戚关系?"

"说不清楚。反正是熊希龄在北京,找我爷爷去。然后呢,来北京找熊希龄,找我爷爷的人,凤凰就没有断过。这个关系就连起来了。这么连连连,就连到我。北京的关系始终没有断。希望我以后还有关系,连着就好。熊希龄能够把凤凰做霉豆腐的,叫到北京来,给家里做霉豆腐。做了一段时间回家了,那个霉豆腐担子的地位就非常高了——跟熊希龄到过北京,北京都去过了。"

黄先生问我:"你去过凤凰吗?"

"去过,但是我去得已经比较晚了。后来又建了很多东西。你们那个地方,在清朝其实是湘西的中心。"

"不仅是清朝,民国也是。民国时候,为什么成为一个中心呢?因为陈渠珍在那儿。有十三县,湘西十三县,由陈渠珍管,国民党来打国民党,共产党来打共产党，三十一年的太平。所以呢，经济生活、军事、文化，各方面都是很自高自大的，很了不起的。包括我们有枪工厂，做枪的工厂；皮工厂，包括做军官的皮带啊，驳子炮的壳还是什么的。还自己有湘西十三县的钞票！"

"他这独立王国。对陈渠珍这个人，应该重新认识。"

"就是这么一回事，陈渠珍就是这么一回事。解放后，他算是有功劳嘛，红军长征他借过东西啊，资助过，所以请他当特邀代表，不算他的老账。前几年，他的孩子们就找我，他的遗体、骨头还摆在长沙，老搞工地盖房子啊，一下这里，一下那里，老在搬迁，想回凤凰来。我说凤凰来好啊，那我就帮他讲话，不光是讲话，也不需要政府出钱嘛。就在南华山，选可以看到凤凰全景的这么一个角落，把骨头盘回来，我给他设计一个陵园。然后呢，他的太太很多，有十一个，写哪一个呢？我说你们认为写哪一个好？他们说，'我们的妈妈都不用写了，就写西原一个人。'就写西藏的那一个，其他不用写了。我说你们很开明啊。所以我就做了一个铜的西原的像，趴在他的坟墓那里，现在就摆在那儿。那篇墓志铭也是我写的，就写他过去的事，除了党的关系，什么都写了。"

"这个好。他在凤凰，比在长沙好。"

"因为我跟他的关系还是比较近的，小时候老到他那儿去玩儿。为什么我能去玩儿呢？因为他的太太，有一个是我妈妈的同学，而且是同班。"

"在《无愁河》里面写了。你们那个地方，虽然偏僻，却一点都不封闭。很早的时候，像您父亲啊，您母亲啊，就受现代教育，那么早的年代。"

"主要是经济的关系，有钱，没有钱也办不到。我外公是宁波知府，最末一任，清朝末一任宁波知府，是曾国藩的部下。慈禧要分散曾国藩的力量，把他弄到宁波，宁波知府是很大，很权威，所以他的孩子能念大学、念师范啊什么的。而且外婆是宁波人。"

四

谈话如流水，流过许许多多的人，许许多多的事。

"……一个骂人的人,他骂一骂,你不理他,他就慢慢就好了。你去理嘛,这个事儿就不好办。"

"有个英国人说了一句话,说,不要老记仇,你记仇了,影响你以后办事的判断力,影响你未来的判断力。"

"还有一句话是,为自己想,也为别人想。别光为自己想,也为别人,设身处地想一想。权力、欲望、名利,太厉害了,太强烈了,不好。"

"有的人,跟演艺界的人差不多,也怕人家忘记。你画画的……"

……

"萧乾这个人哪,非常有意思。人也很有趣,博学,知识广阔,聊天,玩儿啊,真是太好了!一把雨伞摆在家里,报馆也得摆一把;雨衣,这里一件,那里一件。香港《大公报》晚上开夜班,一看九点钟,抽屉打开,一瓶一瓶的药,开水,吃这个药,吃那个药……落魄了,做右派,穷了,到街边买处理的水果,一半是坏的,买回来,洗干净,把坏的切了,用布摆好,刀、叉、餐巾,一一摆好。'文革'后,我搬到三里河,知道他也住在附近，我写了个信给他。我说，现在日子好了，太平了，平安了，不再恐惧了，我有吃的好东西，听到好的音乐，我就想到你。他回了封信，'那你得先来看我。'我说当然要来看你了，就又来往了。然后我就忙去了，毛泽东纪念堂啊，这里那里，忙得不得了。再以后呢，我就到香港去了，我就不想待在这里，在政协里头，在香港可以安心画画。他《尤利西斯》翻译出来了，我打电报祝贺他。他翻译的书，特别好，特别顺。不久就去世了。很好玩儿的一个人，很幽默，懂幽默。唉，很想念他。"

……

"王逊，跟沈从文来往得比较多的，因为我的关系，他才住到我们大四合院来，表叔经常到我们这里来。他是在昆明西南联大的时候，就跟沈从文很亲近，我是在美院之后才认得他的。很有学问，谈吐妙透了。他结婚，我在他窗子的六扇玻璃上面画了热带鱼，彩色的，黑蛮给他画了个灯罩。'文革'开始，他把玻璃拆下来。那是北窗啊，他有气管炎啊什么的毛病，北京城的北窗，床头没有玻璃啊，多可怕，这么过日子。他什么事儿也没有，但是害怕；加上他自己抽烟啊，肺啊什么都有问题。黑妮那时候小，给他领粮食，在抽屉里找粮本儿，他都不能说话了，看见他脸都绿了，就叫我爱人，赶快给他爱人打电话，送他去抢救，抢救好了再回来，回来又出事儿，再送，半路死了。这个人很好，很多才，小学、中学、大学、做研究生，一直都是，没有什么！他在教书的时候，有留学生给他教，他教来学中国美术史的。留学生嘛，又不是特务。美术学院，我的留学生最多。为什么？我现在研究了，新的艺术思潮，可能我具备得多一点。徐悲鸿他们，没有时间，所以就让我教；还有一个，就是王逊。哪一个外国人到中国学油画呢，你想？就来学版画嘛。他就这么死了，这么有学问的人。"

"可惜，这么多的人才，不会用。"

……

我问："那个批黑画的事件，对您的影响大吧？"

"很大。"

"当时您感受到的压力……"

"因为没有这个事儿嘛，基本上不存在这个问题。

因此呢，我就不怕。那么，最后两个多月，憋憋憋，我说我不存在这个问题，如果领导人认为我有，那就有吧。是吧？我说我怎么可能，表达一个反社会主义的意思，这么曲扭的意思，画个猫头鹰干什么？到了后来，毛讲话了，我还不太相信。不开会了，一天、两天、三天都不开会了。我就找了个理由，说我妈妈病了，要回去看看。要是不批准那就说明有问题，要是批准了就没问题了。批准了，我就回家乡了。回来之后，王炳南就告诉我，头尾他都知道的，他说这个也不是那么简单，周总理在里头起了作用，江青那些问题，同这个运动，周总理清楚。所以，并不一定就是猫头鹰的眼睛一开一闭就怎么……不是这么简单。"

我又问："您看沈从文和巴金这两个人，性格很不一样，文章的风格也很不一样，但是两个人一直很好。这个怎么解释呢？"

"巴金呢，是一个中心，在精神上，是一个中心，老大，也不算老。什么中心？可能就是人格中心，道德中心。每一个人都找他，写信，谈问题。曹禺，萧乾，包括以前的丽尼，陆蠡啊，那一帮人，他年纪不一定最老,但是很多人都找他,在修身方面做裁判。曹禺,萧乾,写一大堆的信,跟他谈,沈从文也是这样,交谈,是这么一个关系,到后来是越来越成为这么一个中心……他本来是这样,他本身的成就,对文化上的贡献,在朋友中间的影响,还有人格的影响,这样的。他文字,没有沈从文好玩,但就是一讲到巴先生,都很尊敬。沈从文来往的人,像金岳霖,朱光潜,梁思成,杨振声,关系很多,但是在文化上成为中心的人是巴金。"

黄先生又说:"巴金的文字是很不讲究的……这些老人家面前,我最怕巴金,在他面前我没有什么话讲。"

"您这个性格,不应该是这样呀。"

"不是,你讲话,他没有话同你对答,坐着。你想,坐着是不是厌烦我们在那里,咱们走,他又不希望你走。黄裳也有这感觉。黄裳要是写巴金,就很有写头,他同他的关系,又住得很近,可以写很多。黄裳写了一点点,他去世以后。"

"您昨天跟我说,沈从文服饰研究的书,郭沫若作序,是最大的一个侮辱。"

"是不是?你说沈从文怎么能反对。当然不会是他去要求他的嘛。就是沈从文去要求郭沫若，郭沫若能答应吗？是吧。"

"沈从文这个人，也很矛盾。您看他的性格，外表很软弱，但是内心又特别坚强。这个软弱和坚强混合在一起。"

"没有办法。你比如说，第二次文代会，五三年，我回来了，马上就能够参加文代会了。当时基本上天天见面，因为住得近。'好，你们年轻人多参加活动，好！我们这些老人就不要了，也可以了。'这一类的话，心情是很寂寞的。第二天早上要开会，大清早，他从东堂子胡同跑到大雅宝胡同，走路过来。'永玉永玉，今天早上收到请柬。'啊，高兴得。老人家嘛，寂寞。后来当了政协委员。"

"其实沈从文的遭遇不是最惨的，不管怎么还是个政协委员。"

"最惨的，邵洵美啊；还有搞法文的梁宗岱，后来流落到广西；还有那个美学理论家，吕荧，多惨呀，没有他的事，上了台讲话，马上变成'胡风分子'，最后弄到乡下，精神病人一样，等着工人、农民食堂吃完饭，他在外面扶着矮篱笆晒太阳，人家吃完饭才进去扫桌子上的东西吃。我见他的时间很少，本来是很文雅的一个人，很好。"

……

"梁漱溟，这个知识分子了不起。是吧？有人问，'毛主席、周总理逝世了，你有什么感想？''寂寞。'这个气派很大！还有对你，抄你家，烧你的东西，你有什么感觉？都身外之物了，祖宗传下来的，没有什么；有一件事，我对不起，北大有个穷学生，我向他借了一本词典，一起烧了，我没有办法还给别人，我失信于人，这一点我抱歉。就讲这个。还有呢，政协，'批林批孔'。他那一组，在政协三楼，·圈，包括董竹君，这是董竹君讲给我听的。他故意把一张凳子摆在中间，他坐在中间，老是不说话。大家就批。怎么说呢，'你应该积极地参加批林批孔。'他说，'这样，批林还可以，批孔怎么可能。我都不行，你们怎么行！''那你应该学习冯友兰同志。''友兰呢，是我的学生，我呢，觉得他人格有点问题。'"

……

"楼适夷先生的资历是很老的,在为人啊,道德上,是很好、很好的。我们的李桦,说文艺界的最好的一个人就是楼适夷;楼适夷说,你们美术界,最好的就是李桦。他们两个人都是,老实极了,总帮人家的忙……我将来写到楼适夷先生的时候,我也会这么写。"

"早先的时候,一些优秀的人,没有教条吧?"

"在解放前,共产党同我们的关系,我也不懂,但是这些老人家对我们,真是,不像后来的教条关系,真是非常好的。让我们办一个事,我们那个时候在上海,这么穷,也没有说上面有什么党来送你一点钱,送你一点什么东西,没有。有个任务来了,马上自己解决问题,木刻板啊,赶时间哪,就做出来了,做传单哪,做什么啊,谁提要求!但是,在整个的解放以后的这么伟大的一个动静里头,你那一点算什么!是吧,你想那个算什么!自己对自己,把这个看得很大的。我这一生,我的历程里面有这个东西;但是你摆到这么大的一个里头,就不像东西了。而且马上就灰溜溜地下来了。运动,你就没有勇气提出那些事了。我将来写就写这些东西。"

"就这些东西好，就是要写这些东西。"

"我就不能写那些大题目。你比如说，我现在在案台上还有一本《毛主席语录》，我基本上都还能够背得出来。有一点，我也可以对我的同志说说。我没有讲过一句感谢毛主席恩德，我从来没有讲过。为什么呢？我说，你该多谢我啊。我这么远回来，这么少的钱，这么坏的待遇，还这么虐待我。有什么恩呢？我要感谢你？我教书，我的时间、我的精力放在上面，我这么认真地教书，我还感谢你？你应该感谢我。"

黄先生笑起来。却也不是轻松地笑。

"您下放到河北磁县农场劳动的时候，那段日子还轻松吧？"

"非常不轻松。不轻松。对我呢，比较好，因为到底下，那两派的力量还在那边顶，对我呢，比较放心，我只是写动物那个东西，被人家揭发出来了，别的我没有。我历史一点问题也没有，作风，也没有问题，亲戚，也没有问题，而且教书非常认真——当然后来被批判成为资产阶级教育方法，那没有办法——但是教书，百分之百地投入，非常认真。要不，这一个资产阶级的教授在这里,老早踢掉了,就是因为你认真,他没有办法那个。而且我脾气又不好,他竟然还要你。所以呢,到了干校,对我这方面,没有派系,觉得可靠,让我送报,各个班由我来送,让我当草药组的组长,采草药给军部上缴,做感冒丸啊,做什么丸。"

"这劳动强度还不算太大。"

"大,大,大。从住的地方到劳动的地方,是十六里,来回是三十二里,每天每天,还不讲干什么活。晚上放工回来,还要唱歌。过一座木桥,很宽的木桥。这边回去,那边赶羊的过来,这边唱,那边羊在叫。这个真好笑啊。不过礼拜天呢,他们要守纪律啊这些,我是在守纪律的夹缝中间,可以找玩乐的。那里是铜雀台,西门豹治邺的地方。那条漳河是很浅的,当年曹操练水军,现在呢,顶多盖过脚背。那么周围呢,有七十二个古代的坟堆,小金字塔一样的,有大的,有小的,六朝的,北齐的,兰陵王啊什么的。所以我就讲这个讲那个给他们听;有空呢,采草药的时候,就往那儿跑。"

"您教书期间,主要是教版画?"

"嗯,教版画。"

"到现在，对版画还有感情吧？是不是对版画的感情，比其他的艺术样式更深一点？"

"那是半辈子。你看看，我的那些木刻板，剩下一点的木刻板，那是一刀一刀地铲。这么多，就是用人手一刀一刀地这么铲。"

"这些板子，还有很多吗？"

"还有一些，很多没有了。所以，我给儿子，最近写个纸条给他，我说老爸是，半辈子是一刀一刀地铲；'文革'以后呢，一笔一笔地在画；现在这十年间呢，是一个字一个字地写。这一辈子就是这样。以前，是年轻的时候，我有把号，法国出的，就吹。有杆猎枪，所以困难时期解决问题，上海啊，东北啊，广东啊，来了开文代会啊，都没有东西吃。我怎么解决问题呢，到家里要吃饭呀。我就出去打猎，打个大雁啊，打个什么。"

"那个时候北京能够打到？"

"昌平、通县、顺义，这边，那个时候没有这么多房子，什么都没有。打到就回去开心。孔夫子讲的，吾生也贱，我生得比较贱，故多能鄙事，所以鄙贱的事都能做。有的读书人……"

"只会读书了。"

"李辉，他都不相信，我能做这么多东西，每一次都要去查一查，结果发现是真的。"

黄先生笑了，有些得意。

李辉写黄先生的传记，"每一样事他都要去验证。比如说，我在集美，留级，念到初中，念到二年级，念了三年，留了五次级，这怎么可能呢？"

"这个我们也不太相信。"

"三年是六个学期嘛，我怎么能留五次级呢。我主要的是有一个思想，就是看不起这些东西。比如说国文，我小学念的就是高中的国文哪，是吧。怎么现在初中还在念这个？自然科学，我在凤凰，什么真的东西，见得太多了。历史嘛，讲故事嘛，这有什么呢？英文，我学来干嘛！什么代数啊、几何啊这些，哎，我几何好，八十分以上九十分，代数一塌糊涂。老师说你几何需要代数的基础啊，哎，我能够憋出来。"

"几何好，可能跟您木刻、绘画都有关系。"

"大概是这个问题。"

五

到了吃午饭时间，我们移到饭厅。两个人各一碗炸酱面，猪蹄，黄瓜丝，还各一大杯冰水。这一大杯冰水，我一直没动，黄先生却喝光了，我吃惊不小。

边吃边谈："抗战那个时候，年轻人都没有出路，幸好有那种演剧队。全国很多大大小小的演剧队，把这些失学青年都能够收留。我文化上的成长，除了念书之外，主要是从演剧队里面受到的。演剧队里的导演啊，那些老大哥们，形成一个很好的环境，都谈戏剧啊这些。"

"您那个时候也年轻。"

"小。"

"您这个吃饭的口味，因为到的地方特别多，所以口味也无所谓吧？"

"嗯。都可以。像我的文化一样，都不是正统的，有什么吃什么。医院的饭我都能吃，我跟你说。我一个朋友，我去医院跟他住了几天。我朋友说，这个饭，你怎么也吃得这么欢。我开玩笑,我老说,一个人每天能对得起三顿饭就不容易了。"

……

"《沈从文全集》里面,都没有给您的信。"

"几百封信,'文革'都抄掉了。"

"都抄掉了,太可惜了。"

"他写给我的第一封信都有。"

"他这一辈子,写了那么多的信,太孤独了,要跟人说。"

"写小字,毛笔字。"

……

"您最早是给哪个诗人的诗配木刻?"

"你知不知道有个诗人叫黎焚薰?"

"我还真不知道。"

"彭燕郊。"

"我知道。"

"李白凤。"

"李白凤我也知道。还有野曼,你也为他的诗刻插图。都是在江西赣州的时候。"

……

"中国的文化，不光是集中在几个大城市，也不光是集中在几个大城市的老人家与学者身上，在每一个农村，有经济决定权的人，包括地主也好，包括什么也好，多多少少他们都有收藏一些东西。"

"对，现在没有了，过去有。"

"土地改革，整个没有了，连人带书都没有了。"

"所以这个破坏，等于把农村的整个文化系统给破坏掉了，不仅仅是经济问题。现在农村的问题，不仅仅是经济问题，不仅仅是穷的问题，它连文化也没有了。"

"多了不起，过去全国每一个县，不管大县、小县，都有孔庙，这个了不起。我这一期里面就写了一个先生，漾景先生，专门研究李卓吾的。

"您昨天跟我讲的那个故事，他领你去看他的书，不让你摸。"

"我说我长大以后陪你去访书。没有想到，十年以后，他就完了。"

……

六

吃完饭,又坐回客厅。

"您跟我说这么长时间的话,累不?"

"不累。"

九十一岁的老人,看不出一点疲倦的神色。

"我从香港回来,有几个概念弄乱了。说'出身好',我以为是门第好,对吧?"

"您回来,当时应该算是一个先进的、积极的形象。"

"不是。徐悲鸿的手下有很多党员,你不要以为党员都是从延安来的,徐悲鸿的底下也有许多地下党,他的学生。"

"您刚才说到概念问题……"

"刚到美院,有个人事处的秘书长谈话,'欢迎你来,可以一道学习'。我就想,学校教书嘛,还'学习'?最后讲'改造',当然我就知道了,沈从文不是到革大去'改造'么?我了解,但是没有以后看得这么懂,这么熟悉。其实不要惊慌,没有关系的,你把它看得太紧张,以为'改造'可能要把脑子掀开,没有这么紧张。到了"文革"的时候,'除四旧'啊什么的,我心里就想,你怎么'除'呀,我脑子里看了那么多书,你怎么'除'。后来看了《别了,司徒雷登》;艾奇逊白皮书《中国和美国关系》里面,'寄希望于中国的知识分子',有这么一段,将来的希望,让人家外国人说出来了,让美国人说出来了,这种可能性怎么能让外国人说出来呢,应该我们自己说出来。我写了一本小说,没有登完,金庸的《明报月刊》把它切断了,叫作《大胖子张老闷儿列传》,你知道吧?"

"我知道这个。"

"我送给谢蔚明,谢蔚明把它送给那个女孩,《文汇报》的那个女孩了。"

"周毅。"

"对,周毅。现在重新出版,印一点,送给朋友。写错一个时间,齐白石已经去世了,把齐白石那个时间调度一下,主要是这个问题,要不然老早周立民给我搞了。"

"这个也不是公开出。"

"对,朋友自己印,看一看。"

"概念弄乱,现在有的时候也会碰到这个问题,当然没有您当年碰到的那么严重。我一九九二年到《文汇报》工作,人事处要填一个表,这个表有一栏——'何时参加革命',我说我没参加革命呀。人家说不对,你现在进《文汇报》就是参加革命,今天就是你参加革命的日子。就填了那天的日子。九十年代,已经不叫参加革命了。"

"还有填'性别',有的人填'旺盛'。沈从文填'学历',小学毕业,派出所就说他开玩笑,不严肃。"

"您写《无愁河》……"

"我容易紧张,怕人家催。催什么呢?八年可以写短一点,先写解放后,什么什么。我容易有紧迫感。"

"您慢慢写,按照您自己的节奏写就好了。"

"我估计我能写完,有生之年,我能写完。"

"您看多遗憾,沈从文的《长河》,就写了十几万字,太遗憾了。"

"幸好他后来没写,写了可就麻烦了。因为这个左派的生活，是个标准，是个很严格的标准，他要是差一点，他就麻烦了。左派自己也违反标准，你看，像赵树理这么一个值得称赞的人，最后都不行了，真是，死得这么惨。"

"您在香港那时候，其实挺靠近左派。"

"让我入党，在香港让我入党的有一个叫作司马文森，当时的领导，问我有什么'要求'。我以为他要在《大公报》加我的薪水，提高我的职务。我说不用，没有要求。而且我不是专业的，不是专业在《大公报》的，我是客串的。我说没有，没有。'想想，我三天后再来。'三天以后，'想好了没有？'我说，啊呀，你太客气了。他问我的'要求'，就是入党的问题，我不明白，接不起来。到后来，他在印尼大使馆当文化参赞，又到法国当大使馆文化参赞，回来之后，'文革'了。有一次，没有'文革'之前，我碰到他。我说，啊呀，你要老早说一下就好了。他说在香港不能说，要看你自己怎么讲。我说你只要再过一点，我就明白了。他是夏衍系统的，我要是入了党，就是他那个系统的；还有，我就会留在香港。香港左派文人是非常惨，生活过得惨透了。所以，我常说我是在夹缝里面，大雨里头，在雨缝里头没有湿衣服，在绞肉机里绞完了，我还是我。我写了一首诗讲这个。真是运气啊，真是。"

"这一首，《答客问》：'大雨缝里钻过来，/没有湿。/绞肉机中走出个完整的我'。"

听黄先生讲这件旧事，我不能不想到，奉召回国参加"文革"的司马文森，遭受摧残，一九六八年负屈而死。

……

"我在佛罗伦萨，星期天，小车子可以开进市区，女儿就带着我到了小街上，我就画呀，画一个多少世纪以来卖颜料、美术用品的一条街，什么颜料它现在都可以给你配。我去买颜料，买惯了。所以我换了一个街，是一个大横街的中间一条小胡同，我就坐在那个胡同对面的马路上，支起画架，就在画。那边有个教堂，做完礼拜，一个老太太出来，'嘭通'倒在地上。大家就'哇'地嚷起来，几十个人。我就放下笔，过去看一看。老太太脸都绿了，躺在那儿。我做过草药组的组长，基本东西还知道，给她进行按摩啊，脑后面揉呀，人中掐呀，后肩胛骨给她按摩，好了。神父也来，拿水给我来弄弄。救护车也来了，大家说不用了，'中国医生'把她医好了。我女儿回来，看到这个事，就叫他们不要说'中国医生'，因为我不是'中国医生'，说'中国医生'要涉及'无牌行医'呀。"

"下放时候做草药组组长，这下用上了。"

"老太太嘛，一大群，乡下的，城郊的，要送钱。我说不要不要，就过去了。我不像雷锋，雷锋做了好事，就写在日记上面。我呢，修养很差，我到处跟人讲，而且还要告诉我的朋友，我这个修养很差。那是快乐，那是高兴哪。"

高兴得现在讲起这件事，还哈哈大笑。

……

我指着墙上挂的沈云麓画的肖像，问："这个您怎么找到的?"

"这个不是原作，是制版出来的，原作在我家里。我五三年回北京，他当年学画炭像那个地方，那个炭像馆，还在，在那里找到的。"

"五十年代还在。他应该是二十年代学的。"

"这个人呢,一身毛病,鼻子也有毛病,脑门儿上有条缝,身体又很单调。沈从文的爸爸,密谋刺杀袁世凯,失败了,跑了,就不告诉家里。然后呢,这个大表叔,就这么单独地从北京出发,去东北找爹,就找到了,真不容易。"

"您看了我这个《沈从文的后半生》,您觉得有没有必要再写一本《前半生》?"

"前半生,不要了。"

"不要了?"

"因为很清楚了。实际上他写家里,《从文自传》里面,写的事情并不多,是吧?你怎么可能写得更详细呢?不可能。有的是他以后想象出来的。你比如说,我有一次同他回家乡。我对表婶说,回去吧。她说,你得问他。那我等于是强迫他回去,他居然同意了。然后回来,他就多谢我。躺在床上不能动的时候,他说多谢,要不然的话,他就不能回家。我说,等你好了以后,咱们再好好地回去一次。我说,咱们找一只民船,你以前在白河游水的那种民船,自下而上往上走,往湘西那边走,到一个码头,你有印象,咱们停下来,过了几天再往前走。他说，没有人做饭哪。我说，做饭很容易啊。他说，让曾祺一起，曾祺会做饭，菜炒得好。我说，嗯，可以找他一下……以后就不行了。唉，真是。"

"您看，他的身体，从五十年代的时候，就开始血压高。"

"流鼻血。四十年代、三十年代、二十年代就流鼻血，晚上写东西就流鼻血。他爱强调两样，一个就是，自己身体经常不好，强调这个。"

"是不是真的不好，我想问问。"

"也有。这种情况呢，是一个弱者的表现，哎呀我身体不好，这样。这个弱者的表现呢，从心理学上来讲，是一种自我发挥，另外一种发挥。他爱强调的另一样，写字，书法，喜欢写，但老是说用五分钱的毛笔啊这些，经常喜欢去做点这个。实际上他字写得好，但又说是'学书'。这就是湘西人的那种毛病，老人家的那种毛病，把否定当成肯定。像钱锺书就强大。社科院让他参加一次人大会堂的宴会，通过办公室专门来找他。他说，'我不去。''上级，江青同志让你去的。''我不去，我很忙，我现在工作很忙。''那我可不可以说你身

沈从文小说《边城》插图，一九四七年

体不好?''不,我身体很好啊。'这就是强大。沈从文没有这样的强。"

"他比较温和。"

"实际上内心很强大。"

"如果把他的书法收集起来,现在也收集不全了,印一本他的书法集,也挺好。"

"唉,可惜了,好多都毁了。"

"章草现在很少有人会了。"

"他写得多好,写得最好的一个人。"

……

谈话间歇的空当,听得见墙上挂钟走动的声音。屋里屋外,异常安静。

"那个时候,有一些沙龙,像林徽因、梁思成的沙龙,多少的精华啊。凯撒大帝总结他的经验,他不是有三条经验嘛,一个是阅读,一个是思考,还有一个交游。人生文化成长的三个要点,一个是读书,读完了思考,还要交游。交游,在每一个历史时期的文化圈圈里面,都存在这个问题。比如说,十八世纪末的那个印象派,都住在塞纳河的沿岸、两边,大家汇在一起,形成自己的作风，我免得同你一样，我形成我的作风，你免得同我一样、同他一样，所以有自己的作风。因为交流，大家谈阳光的问题，怎么表现光，大家就研究这个。那么生活也吵架，就是这样的事——在中国，交游，就成了小集团。"

不知怎么就谈到了胡乔木："我住在三里河的时候，钱锺书也住在三里河，胡乔木有时候就来找找钱锺书聊天，找找我聊天。要看胡乔木的一般的生活，非常没有意思。来我们家谈别的东西，聊玄天，很有意思。他主要的为什么呢，他想摆脱那些，才到我们这个世界来。我呢，有一个注意的地方，就是，不打听事情。他爱说什么，我们听，不提出什么问题。同他来往，哇哇哇的，很好。有时候我送书，他居然会很喜欢我的'动物篇'、《永玉三记》啊那些。他的注解啊，有时候弄得很多，弄了六七张信纸，排字排错了啊，用词用错了啊，什么什么的。"

——我后来看人民出版社二〇一五年出的《胡乔木书信集》修订本，一九八四年三月一日一封长信，为香港三联版《太阳下的风景》做"义务校对"，顺着书页说"问题",一条一条,不厌其烦。开头说:"《太阳下的风景》我已看完了。这本小书给了我很多知识、智慧、美的喜悦(当然也给了我悲伤)。为了表示我的感谢,我曾说愿意做一名义务校对,这只是为了希望它在国内再版时能够改去一些误字(当我翻看时就发现了一两处,所以前信这样说),使它更为完美。我想你不至怪我'好为人师',因为实际上这只是好为人徒。况且,我太爱你的散文了,爱美的人是不会乐意看到他所爱的对象的外表上有任何斑点的,这想必会得到你的同感。"末尾,又说:"总之,对你写得那么精妙的文章,来这样一个枯燥无味的校勘是太失礼了,投我以琼瑶,报之以砖头。我会不会成为那给主人打去脸上苍蝇的熊呢?"——

"他,也是一个矛盾的人。"

"对,就是矛盾的生活,寂寞。来,大家互相尊重,就好了。"

"当年他把沈从文调到社科院,是他个人的意思,还是上面也有这个意思?"

"不,不,有好多人帮忙。"

黄先生家的司机走进屋里，提醒时间，他要送我去机场。我站起来，告辞，感觉这告辞中断了谈话，突兀得很。

黄先生说："那有空，我到上海也可以来找你。上次我到上海，你没有来。"

说的是二〇一三年十月份，李辉和《收获》、巴金故居的朋友们为黄先生做了一个展览——"我的文学行当"，在上海图书馆。黄先生出席了展览，在上海待了好几天，那几天，很是热闹，在一个范围内，像过节一样。可惜，我到外地去了。

"您上次到上海，我不在，就特别遗憾。所以这次有机会来，我特别高兴就来了。"

二〇一五年九月二十二日整理完稿

要是沈从文
看到黄永玉的文章

要是沈从文看到黄永玉的文章,这个假设,却有着极其现实的重要性,不是对于已逝的人,而是对于活着的人,对于活着还要写作的人。

——题记

一

在《沈从文与我》(湖南美术出版社,二〇一五年)的新书发布会上,黄永玉谈到,要是他的文章让表叔看了,会如何。"我不晓得他会怎么样说我,如果他说我好我会很开心。我的婶婶讲过我一句好,她说:你的文章撒开了,我不知道怎么把它收回来,结果你把它收回来了。这是婶婶说的话;他的就不知道怎么样了,一个字都没有看到,真是遗憾!"

其实沈从文说过黄永玉的文章,不过不是对黄永玉说的。在文学家沈从文像文物一般"出土"的时期,一九八〇年广州《花城》文艺丛刊出了一个"沈从文专辑",发表三篇写沈从文的文章,传诵一时,作者是朱光潜、黄苗子和黄永玉,黄永玉的那篇,就是长文《太阳下的风景》。沈从文本人显然是满意这些文章的,他曾经在信里跟人谈起,老朋友朱光潜的文章"只千把字,可写得极有份量";接着又说,"黄永玉文章别具一格,宜和上月在香港出的《海洋文艺》上我的一篇介绍他木刻文章同看,会明白我们两代的关系多一些,也深刻一些"。

"别具一格",单就黄永玉而言;紧接着说要两人的文章"同看",他自己的文章指的是《一个传奇的本事》,也是长文。李辉编《沈从文与我》,汇集黄永玉写沈从文、沈从文写黄永玉及其家世的文字为一册,正是沈从文当年建议"同看"的意思。

"文革"后期,沈从文在黄永玉位于京新巷的家中

二

《太阳下的风景》是一九七九年底写的,比这篇长文长出一倍还多的《这些忧郁的碎屑》是一九八八年沈从文过世之后写的。一贯撒得开风格。前一篇明朗,有趣,甚至那么漫长挫折的两代人经历,也可以比喻为:"把我们这两代表亲拴在一根小小的文化绳子上,像两只可笑的蚂蚱,在崎岖的道路上做着一种逗人的跳跃。"后一篇沉郁之极,哀痛弥漫,却有刺破什么的锐利和力量。

"三十多年来,我时时刻刻想从文表叔会死。"谁能写出这么触目的一句话?忧伤、尖锐、真实到可怕的程度。这一句话里面有多少说得出和说不出的东西?要体会这句话的份量,得清楚和懂得沈从文的后半生。黄永玉是见证者,是身边的亲人,他的沉痛只此一句,就让人震撼得说不出话来。

黄永玉自己也是从那段历史中走过来的人,他懂得时代和他表叔之间的格格不入,往简单里说,也就是一句大白话："大家那么忙,谁有空去注意你细致的感情呢?"

也正因此,那些和"史诗时代"格格不入的"细致感情",才显得"壮怀激烈"。

"壮怀激烈"这个词大概很难用到沈从文身上,黄永玉文章里出现这个词,也不是说沈从文;可是,还真是觉得,用在沈从文身上也特别恰切。

黄永玉写老一辈的交谊,说杨振声、巴金、金岳霖、朱光潜、李健吾……他们难得到沈从文这里来,来了清茶一杯,端坐半天,淡雅,委婉,"但往往令我这个晚辈感觉到他们友谊的壮怀激烈"。——那样的时代,他们各自的处境,这一些温暖的慰藉,可不就是"壮怀激烈"。

三

一九七一年六月,下放在河北磁县军垦农场的黄永玉,意外地收到下放在湖北咸宁双溪的沈从文寄来的小说《来的是谁?》,还有一封信。小说和信都没有收入《沈从文全集》。这八千多字的小说，写的是黄家前传，黄永玉家世中不为人知的神秘部分，作为一部大作品的引子。这部大作品没有写出来，从信里可以清楚地看到相关的信息和这位老人的构思：

> 照你前信建议，试来用部分时间写点"家史并地方志"看看……但这个引子，你那么大人看来，也就会吃一惊，"这可是真的？""主要点就是真的。"好在这以下不是重点，重点将是近百年地方的悲剧和近似喜剧的悲剧，因为十分现实，即有近万的家乡人，已在这个历史过程中死光了。你我家里都摊了一份。

前五章，第一章"盘古开天地"说起，"从近年实物出土写下去"；第二章是两百年前为什么原因如何建立这个小小石头城；第三、四章叙述这么一个小地方，为什么会出那么多人，总督、道尹、翰林、总理、日本士官生、保定生，还有许多庙宇，许多祠堂；第五章叙述辛亥以前社会种种。假定可写十六章到二十章。近七十岁的人，在下放的环境中，沈从文自己也没有确定的信心能完成这么庞大的设想。

四

这些年，黄永玉几乎全身心投入写作自传体长篇小说《无愁河的浪荡汉子》，这部作品从一个意义上未尝不可以看作，既是沈从文"文革"中开了个头的黄家家史和地方志作品的延续，也是更早以前《一个传奇的本事》的延续。沈从文抗战后写《一个传奇的本事》，本为介绍黄永玉的木刻，写的主要却是黄永玉的父母和家乡的历史事情，关于黄永玉倒没有怎么叙述。那么，接下来——这中间隔了好几十年——黄永玉就自己来写自己。

这漫长的写作过程，同时也是与表叔漫长的对话过程。他一次又一次无限遗憾地表示，要是表叔能看到，会出现什么样的情景。他想象表叔会加批注，会改，批注和改写会很长很长，长过他自己的文字。写作，也是唤回表叔与自己对话的方式。

布罗茨基曾经斩截地说：一个人写作时，"他最直接的对象并非他的同辈，更不是其后代，而是其先驱。是那些给了他语言的人，是那些给了他形式的人。"（《致贺拉斯书》）黄永玉与他的表叔之间的关联，当然更超出了语言和形式。

要是沈从文看到黄永玉的文章，这个假设，却有着极其现实的重要性，不是对于已逝的人，而是对于活着的人，对于活着还要写作的人。

这个假设，不是要一个答案，来解决这个问题，从而结束这个假设。而是，活着的人把它展开，用写作把它展开，并持续地伴随着写作。它成为写作的启发、推动、支持、监督、对话，它变成了写作的动力机制中特殊的重要因素。

沈从文刚刚去世后的那些日子，黄永玉在香港写《这些忧郁的碎屑》，这不是一篇普通的悼亡之作，他一次又一次在文中说，"从文表叔死了"，"表叔真的死了"，可是从他心中呈现到他笔下的那些忧郁的碎屑，抵抗着死亡和消失。从此，他开始了对表叔不能停止的怀念。

去年八月，黄永玉整九十岁生日那天，李辉带我去顺义黄先生住处参加一个小型聚会，一见面，黄先生就对我说："你写的《沈从文的后半生》，事情我大都知道，但还是停不下来，停不下来，读到天亮，读完了。"

——在"停不下来"的怀念里，他的写作就成为唤回沈从文的方式。不论是写沈从文，还是写自己，还是写其他，他想象中最直接的读者对象，是他的前辈们，一个又一个人影在他眼前，心中，在他意识里明亮的地方或潜隐的深处，其中必定有，他的表叔沈从文。

二〇一五年六月二十五日

赞美自己编歌唱的生命

《太阳下的风景》，黄永玉的第一本散文集，最初是一九八三年香港三联书店出版的，第二年天津百花文艺印行大陆版。此后有多个版本。我拿到二〇一九年上海人民出版社的新版，又重新读了一遍，生出一些年轻时候没有读出来的感受。

这之后黄永玉的写作持续不断，而且愈发丰沛不羁，回过头去看，这本书就有了开启的意义，它所蕴含的多种主题和各样因素，在此后不断地重现、强化、变奏、推进，从而连接、汇合成更为阔大同时也更加入微的"太阳下的风景"。

譬如其中的一种类型，写有交往的前辈，《往事和散宜生诗集》《太阳下的风景》等，不仅本身已经成为名篇，而且触发了写作同类作品的机制，勾连牵引、循声呼唤出后来结集为《比我老的老头》的系列文章。

《太阳下的风景》这一篇，沈从文看过，说："黄永玉文章别具一格。"和他自己以前介绍黄永玉木刻的文章《一个传奇的本事》"同看"，"会明白我们两代的关系多一些，也深刻一些"。说到这两个人和他们的故乡，《太阳下的风景》结尾一段文字，因常被引用而为人熟知、引人遐想和回味："我们那个小小山城不知由于什么原因，常常令孩子们产生奔赴他乡献身的幻想。从历史角度看，这既不协调且充满悲凉，以至表叔和我都是在十二三岁时背着个小小包袱，顺着小河，穿过洞庭去'翻阅另一本大书'的。"

写作这类文章的机制是什么呢？刘绍铭说黄永玉，借用了两句英语，一、"非笔之于纸公之于世不可（this story must be told）"；二、"I am the person who must tell it. 要说此故事，普天之下，除了区区，还有谁可胜此重任？""他记聂绀弩、林风眠、李可染和张乐平等人的文字，都显露了 I am the person who must tell it 的承

为了太阳，我才来到这个世界

担。""黄永玉的师友篇，就是这种'舍我其谁'的信念和'当仁不让'的精神驱使出来的成果。文字粗犷，散发着一股'蒸不烂、煮不烂、捶不扁、炒不爆'的顽强生命力。"

我这次重读，感触深的，更增加了一些不那么被人常常提及的文章，或许是因为不起眼、不那么浓墨重彩吧，以前竟没有留下特别的印象。现在却受到难以言说的震动。

比如，《江上》，还不到一千字。写某年坐船从汉口到重庆，半夜，船舱外过道上忽然唱起歌来，一个接一个唱。天亮后看到，八九个十六七岁的女孩子，带着挑子坐在过道里，有说有笑，小喜鹊一样叽叽喳喳。吃午饭时候他发现，女孩子们吃的是没有菜的白饭，于是说："来一点豆瓣辣椒，怎么样？""要得嘛！"就这样，与这群"修理地球，上山下乡"的女孩子熟悉了——

> 她们原来是每人挑着一担柴和一小包衣服的。
> "一个人一担柴到重庆去？"我问。
> ……
> "是的，爸爸妈妈都在重庆。回家过年嘛！"

"回家过年,就挑那么一担柴?"

"你说嘛!又不去外国旅游买纪念品。不带柴带啥子嘛?"

"嗯!"我的话看样子要问完了,"——这一回,你们都回家过年了!"

"也有没有回去的。"

"为什么没有回去呢?没有钱?你们不帮帮,大家凑几个?"

"没有钱,也没有裤子……"

"什么?"我当时没有听清,"没有什么?你们刚才说……"

"没、有、裤、子!"

我好像忽然听到一声霹雳,几乎停止了呼吸,很久才发现汗水已经湿透全身。

这样简单的场景、质直的对话,聚集起那么多东西,让它们同时在场:一群涉世未深的女孩子,被荒谬的时代安排与束缚,在荒芜贫瘠中成长,既"懂事"又不觉,青春顽强地勃发;一个经历过风雨磨难的中年人,遭遇这个情景，遭遇这个情景中隐现的个人、时代、历史，猝然涌起尖锐的感受，疼痛、怜悯与爱……这些同时在场的东西纠缠在一起，都在发力。黄永玉同时听见了、看见了这一切，写下了这一切。这样的文字所呈现出来的现实、思想、感情，不是单一指向的；而在根本上，黄永玉站在生命这边，赞美自己编歌唱的生命：

她们在继续说笑着，那么好看而快乐的孩子们啊！

江面上闪着模糊的光点，船走得那么那么慢，我勉强抬起了头：

"那些歌，昨天半夜那些歌——"我问她们，"哪里学来的？"

"咋子？是我们自己编的。"

"自己编的？……"

"好听不好听嘛？你说！"

我衷心地，像父亲赞美自己的亲生女儿一样：

"好啊！你们真好啊！"

二〇二〇年六月二十六日

与谁说这么多话

黄永玉《无愁河的浪荡汉子·朱雀城》

一

《无愁河的浪荡汉子》第一部《朱雀城》三卷（北京：人民文学出版社，二〇一三年）八十万字，才写到十二岁，少小离家。怎么有这么多话要说？这么多话怎么说？和谁说？

第一部写的是故乡和童年，这个叫朱雀城的地方，这个叫序子的孩子。写法是，从心所欲，想怎么写就怎么写。

从心所欲的前提是，心里得有；黄永玉一九四五年就起意写过这小说，没有写下去，这也好，心里有了这么多年，酝酿发酵了这么多年。

想怎么写就怎么写，似乎很简单，不就是自由嘛；但要获得这种自由的能力，却是很难，难到没有多少写作的人能达到的程度。二十五年前黄永玉写《这一些忧郁的碎屑》，谈起过沈从文的《长河》，说表叔的这部作品"排除精挑细选的人物和情节"——这才是真知灼见。写小说的人，对"精挑细选的人物和情节"，孜孜以求尚且不及，哪里还想到、并且还敢于"排除"？不仅是人物和情节，还有诸多的文学要素，既是要追求的东西，又是要超越的东西，否则，斤斤于金科玉律，哪来的自由？怎么可能想怎么写就怎么写？

这样不在乎文学"行规"自由地写，习惯了文学"行规"的读者，会接受吗？其实，这只不过是"外人"才会提出来的问题，对黄永玉来说，他根本就没有这个问题。还是在谈《长河》时，他说表叔："他写小说不再光是为了有教养的外省人和文字、文体行家甚至他聪明的学生了。他发现这是他与故乡父老子弟秉烛夜谈的第一本知心的书。"这才是知心的话，知心，所以有份量；这些话用在黄永玉自己身上，用在《无愁河》上，也同样恰当，恰当得有份量。

所以，在黄永玉的心里，与其说这部作品写出来要面对"读者"，不如说是要和故乡人说说故乡。甚至，在现实中，在现在的湘西，有或没有、有多么多或有多么少的故乡人要听他漫长的叙说，都不重要了；重要的是他心目中，存在这样知心的故乡父老子弟。

还有一个说话的对象，是自己。一个老人，他回溯生命的来路，他打量着自己是怎么一点儿一点儿长成的。起笔是两岁多，坐在窗台上，"他还需要一些时间才能'醒悟'，他没想过要从窗台上下来自己各处走走"（4页）；结束是他离开朱雀，到了长沙，见到父亲，"原本是想笑的，一下子大哭起来"。（1187页）黄永玉用第三人称来写自己，显见得是拉开了打量的距离；但奇妙的是，这样拉开距离打量自己，反倒和自己更亲近了。

生命不能重新再过一遍，可是写作能够让生命重返起点，让生命从起点开始再走一遍，一直走到现在，走成一个历尽沧桑的老人。在写作中重现的生命历程，与生命第一次在世界中展开的过程不一样：写的是一个孩子两岁、四岁、七岁、十二岁的情形，可这是一个老人在写他的两岁、四岁、七岁、十二岁，童稚时候懵懂的，现在明白了；当时没有意识的，现在意识到了。所以不能说这部作品写的就只是记忆：确实是刻骨铭心的记忆，呈现过去的情形和状态，然而同时也在隐现着现在的情形，写书人现在的生命状态。这样就可以看到一个老人与两岁、四岁、七岁、十二岁的自己的对话和交流。这种对话和交流，在字面上通常是隐蔽的，偶尔也显现一下，不管是显还是隐，从始至终都是存在的。感受到这种存在，才算对得起这部书。

与故乡父老子弟说话，与自己说话，还与几个特殊的人说话。《无愁河》的写作不面对抽象的读者，却面对具体的几个人，几个作者生命中特殊的人。黄永玉说："我感到周围有朋友在等着看我，有沈从文、有萧乾在盯着我，我们仿佛要对对口径，我每写一章，就在想，要是他们看的时候会怎么想。如果他们在的话，哪怕只有一个人在。比如如果萧乾还活着，我估计他看了肯定开心得不得了。表叔如果看到了，他会在旁边写注，注的内容可能比我写的还要多。"（王悦阳：《黄永玉：流不尽的无愁河》，《新民周刊》2013年11月11

他两岁多，坐在窗台上

日）这几个想象中的读者,伴随着写作过程,以特别的方式"参与"到写作之中。其实还不仅是写作过程,黄永玉写这部书的冲动中,不可忽略的一部分因素,就是和这些已经逝去的老人谈谈话,让他们"开心",或者"写注"——没有多少人知道,沈从文一九四四年给自己和父老乡亲谈心的《长河》,十分细致地加了大量批注;倘若他读到《无愁河》,兴起写注,一写起来就没完没了,那简直是一定的。

从这个意义上讲,《无愁河》也是一部献给几位逝者的书,他们是无可替代的重要读者,他们有不少东西融入了作者的生命。

那么,你会明白,在九十岁老人身上活着的,可不只是他一个人。

一个生命里,"有多少面容,有多少语声";一个生命"融合了许多的生命,在融合后开了花,结了果"——这是冯至在《十四行集》里写到的句子。黄永玉和沈从文的合影里有一张特别好,书报刊上多次刊出,那是一九五〇年黄永玉从香港到北京,在中老胡同北大教授宿舍前照的,摄影者就是冯至。顺便提一下,是因为刊登这张照片时很少注明摄影者,沈从文那时候的邻居。

黄永玉万分惋惜和感慨《长河》没有写完,他说那应该是像《战争与和平》那样厚的大书。长长的《无愁河》,会弥补这个巨大的遗憾,为表叔,为自己。

二

《无愁河》一经面世,就会遇到四面八方的读者。《收获》从二〇〇九年开始连载这部作品,连载了五年,"浪荡汉子"才走出故乡闯荡世界。据说非议不断,有读者宣布一天不停止连载一天不订《收获》。但我认识的人里面,有人盼着新的一期《收获》,就是盼着《无愁河》,几年下来,已经成了习惯,成了阅读生活中不可缺少的部分。

《无愁河》有它的"超级读者",除开黄永玉的故乡人之外。我熟悉的人里就有。

北京的李辉和应红自不必说,他们催促老人每天做日课,见证和护生了这部作品。我的师叔李辉,写黄永玉传，搜集黄永玉七十年的文学创作编出《黄永玉全集》文学编，策划黄永玉《我的文学行当》巡展——说他是黄永玉的"超粉"，那是轻薄了。他从研究巴金、写萧乾传、与晚年的沈从文相交，到发掘整理黄永玉的文学作品，自然一脉相承。他是太知道《无愁河》的价值了。

我的同学和朋友周毅，生活在上海的四川人，她写了一篇《无愁河》札记，几万字长，怎么写得出这么长的文章？过了两年，她又写札记之二，又是几万字；再过了些日子，札记之三出来了，还是几万字（我要把这三篇札记的题目和发表的地方写在这里：《高高朱雀城》，《上海文学》二〇一〇年第二期；《"无愁河"内外的玉公》，《上海文化》二〇一二年第三、四期；《身在万物中》，《上海文化》二〇一三年第九期）。她和《无愁河》之间，究竟建立起了什么样的关系？

有一次她告诉我，《无愁河》对她来说，是一部"养生"的书。

"养生"，很重的词。庶几近乎庄子讲的"养生"。怎么个"养生"法？身在万物中，息息相通。这样的话现在的人读起来已经没有什么感受了，当然也不怎么明白什么叫身在万物中，生机、生气如何从天地万物中来。"野马也，尘埃也，生物之以息相吹也。"息是自心，生命万物的呼吸，息息相通才能生生。生的大气象，是"天行健，君子以自强不息"，这个"以"字，就是建立起人与天地万物之间的关系，体会到这个"以"，就能体会到息息相通，就是"养生"。

就是单纯从字面讲，当代文学中又有多少作品能"养生"——"养"生命之"生"？《无愁河》担得起，这就是《无愁河》文学上的大价值。

说起价值来，人是这样的，小价值容易认得出，算得清；大价值——不认识，超出了感知范围。

一部书有它的"超级读者"，是幸福的。这幸福不是幸运，是它应得的，它自身有魅力和能量。说到能量，我们不难想到，有些作品，是消耗作者的能量而写成的，但消耗了作者能量的作品并不一定能够把能量再传给读者；《无愁河》的写作依赖于作者过往的全部生命经验，但它的写作不是消耗型的，而是生产型的，从过往的经验中再生了源源不断的能量。由此而言，写作这部作品，对黄永玉来说，也是"养生"的。序子的爷爷境民先生，有一次随口谈起一个人的文章，说"写出文章，自己顺着文章走起来。——人格，有时候是自己的文章培养出来的"。（24页）作品能不断产生出能量支持作者，这是幸福的写作。

作品还能不断把能量传递给读者，读者吸收变成自身的养分，这样的读者也是幸福的。

三

序子生长的朱雀城，有片地方叫赤塘坪，"是个行刑砍脑壳的地方"。杀人的时候人拥到这里看杀人，平常野狗在这里吃尸体，顽童放学后经过这里"东摸摸，西踢踢"。"其实杀不杀人也没有影响热闹事。六七月天，唱辰河大戏就在这里。人山人海，足足万多看客。扎了大戏台，夜间点松明火把铁网子照明，台底下放口棺材，一旦演《刘氏四娘》《目连救母》又死人随手装进去。"清明前后，"这地方也好放风筝"。（185 - 186页）我们以为相隔十万八千里的事情，从一个极端到另一个极端的生命经验,却能够在这么小小的同一片地方轮番上阵,而生活在这里的人们,早已习以为常。

我想说的是生命经验的宽度、幅度的问题。一个生命从小就在这样的地方、在这么大幅度的日常转换中历练,倘若这个生命善于发展自己,没有辜负这样的历练,那么它能够撑开的格局、能够忍受的遭遇、能够吸收的养分、能够看开的世事,就不会同于一般了。序子三岁多的时候城里"砍共产党",父母仓促出逃异地,他被保姆王伯带往苗乡荒僻的山间。这另外一个世界的生活又带来另外的养分,在不知不觉中培育性格和性灵。

大幅度的经验往往会诱惑人们集中专注于经验的不平常性,关注大而忽略小,关注极端而忽略日常;《无愁河》却是细密、结实的,在经验的极端之间,充实着的还是日常的人、事、物。黄永玉写朱雀城,譬如写一条街道,他要一家铺子挨着一家铺子写过来,生怕漏掉什么;写完这条街道接着又写另一条街道。再譬如说他写吃,写了一次又一次,从准备材料写起,写制作,写吃的过程、感觉,写吃的环境和氛围,当然还有吃的人——这其实很难,写一次还不难,一而再、再而三、三而四地写,七次八次都写出特别来,真难。谁不相信可以试试。乡愁这东西,说抽象可以无限抽象,说具体就可以具体到极其细微的地方,譬如味蕾——味觉的乡愁。他写苗人地里栽的、圈里养的、山上长的、山里头有的、窖里有的,名称一列就是好几行,"请不要嫌我啰嗦,不能不写。这不是账单,是诗;像诗那样读下去好了"。(249页)他还写"空东西":序子在苗乡,好天气的日子,王伯问他:"狗狗!你咬哪样?"

"我咬空东西。"

"哪样空东西?"王伯问。

"我咬空东西,你不懂!我喜欢这里的空东西。"(229页)

黄永玉写得满,他巨细靡遗,万一哪里忘了点什么,他后来想起还会补上。

难道写作不应该经过"选择"吗?"选择",甚至是"精挑细选"——这个词又出现了,什么能写,什么不能写,这是许多作家的态度和写作必须的步骤;但对黄永玉来说,生命经验的任何一事一物,都能写,都不必拒绝,用吃的比喻来说,他不"挑食忌口"。因为这些事事物物都融进了生命当中。

这里面有一个道理。你以为这样的事物、这样的经验对你的生命是有价值的,那样的事物、那样的经验对你的生命是没有价值的,所以你要区分,你要选择;其实是所有的经验,包括你没有明确意识到的经验,共同造就你的生命。序子在苗乡的时候,有一个常来帮助王伯的猎人隆庆,隆庆身上有一种特殊的味道,小说是这样写的:

> 狗狗挨隆庆坐,闻着隆庆身上的味道。这味道真好闻,他从来没有闻过,这味道配方十分复杂,也花功夫。要喂过马,喂过猪,喂过羊,喂过牛,喂过狗,喂过鸡和鸭子;要熏过腊肉,煮过猪食,挑粪浇菜,种过谷子苞谷,硝过牛皮,割过新鲜马草;要能喝一点酒,吃很多苕和饭,青菜酸汤,很多肉、辣子、油、盐;要会上山打猎,从好多刺

丛、野花、长草、大树小树中间穿过；要抽草烟，屋里长年燃着火炉膛的柴烟，灶里的灶烟熏过……

自由自在单身汉的味道，老辣经验的味道。闻过这种味道或跟这种味道一起，你会感到受庇护的安全，受到好人的信赖。

这种味道，"具有隆重的大地根源"。（238－239页）

你要是从隆庆的经验中排除掉一部分，那这味道就不是隆庆的味道了。

《无愁河》是条宽阔的大河，有源头，"具有隆重的大地根源"；有流程，蜿蜒漫长的流程。大河不会小心眼，斤斤计较，挑挑拣拣。大河流经之处，遇到泥沙要冲刷，遇到汊港湾区要灌注萦回，遇到岩石要披拂，遇到水草要爱惜地飘荡几下。

《无愁河》的丰富，得力于作者感知和经验的丰富，他过去经历时没有"挑食忌口"，现在写作时没有"精挑细选"。他身受得多，触发得多，心能容下得多。容得多，心就大了。山川形胜、日月光辉、人物事体、活动遭遇，都是养人的东西，生命就是在其中生长、长大、长成,长出精神和力量,长出智慧,长出不断扩大的生机。

二〇一三年十一月十六日

这些话里的意思
再谈黄永玉《无愁河的浪荡汉子·朱雀城》

我写过一篇文章谈《无愁河的浪荡汉子》第一部《朱雀城》（北京：人民文学出版社，二〇一三年），题目叫《与谁说这么多话》；文章结束的时候，我自己怎么感觉像说话才开了个头？没有写完一篇文章之后期待的轻松，反而是没说出来的话在脑子里翻来覆去地折腾。

我得把它们写出来，否则，"我会病！"——这是借了蓝师傅的话。蓝师傅是朱雀城有名的厨师，他曾经为人办席，天气把东西热坏了，大家都说过得去，可是蓝师傅硬是补了一桌席："不补我会病！"（35页）——我的短文章，哪里有蓝师傅一桌席重要，只是把翻腾的话写出来，自己就轻松了。

一

序子和小伙伴们去果园偷李子，路上有开着白花带刺的"刺梨"。学堂里，先生要大家相信它学名"野蔷薇"，小孩子的反应是：

> 这是卵话，太阳底下的花，哪里有野不野的问题？（817页）

《无愁河》里随随便便写下的这么一个句子，给我强烈的震惊感。人类早就习惯了区分"野"与"不野"，这样区分的意识也是人类历史发展的结果。从人类文明的视野看出去，确实有"野"与"不野"的问题，人驯服了一些动物，驯化了一些植物，改造了部分自然，把"野"的变成"不野"的。但是，单从人的角度看问题是偏私的，狭隘的。古人讲天、地、人，现代人的观念里人把天、地都挤出去了，格局、气象自然不同。换一个格局,"太阳底下",就看出小格局里面的斤斤计较来了。

小孩子还没有那么多"文化",脑子还没有被人事占满,身心还混沌,混沌中能感受天地气息,所以懵懵懂懂中还有这样大的气象,不经意就显了出来。

小说家阿来写《格萨尔王》,开篇第一句:"那时家马与野马刚刚分开。"(重庆出版社,二〇〇九年)一句话,气象全开。序子离"家马与野马刚刚分开"的时代已经隔得非常遥远,他却能从"太阳底下"的感受,本能地否认"野与不野的问题",真是心"大"得很,也"古"得很。小孩子的世界很小,一般可以这样说吧;但其实也很难这样说。小孩子的心,比起大人来,或许就是与"古民白心"近得多。

《无愁河》说到"野"的地方很多,我再挑出一句来。说"挑"也不合适,因为这也只是作品里面普普通通的一句话,作者也没有刻意强调突出。是序子的奶奶说的:"伢崽家野点好,跟山水合适。"(1127页)这个话,前半句好多人能说出来,不过我们无非是说,小孩子野,聪明,对身体好之类;婆说的这后半句,就很少有人能说出来了:"跟山水合适",是把人放在天地间,放在万物之中,与天地万物形成一种息息相通的"合适"关系——我们说不出后半句,是因为我们的意识里面没有。也没法全怪意识,我们的日常生活里,已经没有了山水,没有了天地。

二

我们说到小孩,很容易就联想到天真烂漫的生命状态。其实呢,在"天真"之前,恐怕还有一段状态,常常被忽略了。序子也有些特别,他的这种状态算得上长,到了七八岁该"天真"了,他还很"老成"——其实是童蒙。黄永玉写出了这种"蒙",并且尊重它。

序子小,"谈不上感动反应"(141页);再大点,大人期望他对事对物有反应,可是常发现他"有点麻木,对哪样事都不在乎"(183页);他有时候给人的感觉像个木头,不会喜形于色;他似乎迟迟不开窍,让人着急。

不开窍,就是"蒙"。周易有蒙卦,"蒙"是花的罩，包在外面保护里面的元。"发蒙"就是去掉这个罩，让花长出来，开出来。但是在花开出来之前，是要有"蒙"来保护里面的元的，而且要等到那个元充实到一定程度，才可以去掉这个"蒙"。所以这里就有个时间的问题，去得过早，那个元就长不成花。

"发蒙"不是越早越好。世上确有神童，那是特例；再说，天才儿童的天才能维持多长时间，也是个问题。现在儿童教育赶早再赶早，那是不懂得"蒙"的作用，当然也就更谈不上尊重"蒙"。等不及"蒙"所必需的时间长度，让生命的元慢慢充实起来，就慌慌张张地"启蒙"，那是比拔苗助长更可怕的事情。

序子在生命该"蒙"的阶段"蒙"，其实是大好的事情。

尊重"蒙"，是很不容易的。

序子后来上学读书，在他那一帮同伴中间，"有一种不知所以然的吸引力"（809页）。这个"不知所以然"好。

要去掉"蒙"，也不是一下子的事情，是要一点儿一点儿去掉的。光靠外力也不成，得有机缘，更得有从内而外的"萌发"。序子四岁的时候,跟玩伴岩弄在谷仓里忽然爆发了一场狂风暴雨般的打闹,对此王伯"一点不烦,她喜欢狗狗第一次萌发出来的这种难得的野性。狗狗缺的就是这种抒发,这种狂热的投入"。——王伯懂得"萌发";序子"得这么个培养性灵的师傅",是机缘。(273页)

话再说多一点,"蒙"也不只是"童蒙",比如说我活到了中年,有些事才明白,还有些事得将来才能明白,或者将来也未必明白;明白之前,就是"蒙"。尊重"蒙",说大一点,就是尊重生命本身。

三

但人活着,就得朝着明白的方向活。岁月确实能教人懂得越来越多的东西。《无愁河》第一部,是一位老人写童年,是"明白"写"童蒙","懂"写"不懂",二者交织在一起,构成一种奇妙的关系。所以《无愁河》第一部展现的世界,不只是一个单纯的童年世界,它同时还是一个历经千难万险的生命回首来路重新看待的世界。我们讨论一部作品，喜欢说它的视角，其中童年视角常被提出来说；《无愁河》呢，既是一双童稚的眼睛初次打量的世界——随着作品的延续，视角还将自然变换为少年视角、青年视角……——又是一双饱含沧桑的眼睛看过了一遍又一遍的世界。

而不同眼光的转换，从黄永玉笔下出来，既自由，又自然。

老人借给我们一双眼睛，让我们从这个童稚的世界看明白一些事情。所以读这部书，如果不注意老人的"明白"，这阅读也是很大的浪费。

"明白"啥？无法一概而论，因为大千世界，时时处处都可能有需要我们明白的东西。说起来会没完没了，举例讲几点。

（一）"道理"和"学问"

序子的妈妈柳惠是女子小学的校长，她"讲起道理来轻言细语，生怕道理上吓了人家"。（181页）——你看看我们周围，有多少人是生怕道理吓不着人。政界就不去谈了；就说学界，有人就是靠着把人唬得一愣一愣的道理而成为学术明星的，这只是一面；另一面是，还真奇怪了，有些人还就崇拜能把他吓住的道理，吓不住他的他还瞧不起呢。

"胃先生上课，学生最是开怀，都觉得学问这东西离身边好近。"（642页）——学问，道理，都是一样，好的学问与人亲近，不是冷冰冰的，更不是压迫人的东西。道不远人，古人不是早说过吗？

胃先生还讲过一句话，"儿童扯谎可以荡漾智慧！"（795页）——"荡漾"这个词，用的真是"妩媚"。"妩媚"是沈从文喜欢用的一个词，用法特别。（钱锺书写方鸿渐在三闾大学的困窘沮丧中，忽然想，"近来连撒谎都不会了。因此恍然大悟，撒谎往往是高兴快乐的流露，也算得一种创造，好比小孩子游戏里的自骗自。一个人身心舒畅，精力充溢，会不把顽强的事实放在眼里，觉得有本领跟现状开玩笑。真到忧患穷困的时候，人穷智短，谎话都讲不好的。"《围城》，人民文学出版社，2002年，195页）

（二）风俗节庆

中秋节到道门口"摸狮子"，不知哪一代传下来的习俗。人山人海，虔诚，热闹。小孩子里面有胡闹的，摸了自己的"鸡公",又摸狮子的"鸡公";摸摸自己的"奶奶",再摸摸母狮子的"奶奶"。苗族妇女无奈,但也"默认某种灵验力量是包括城里佻皮孩子的淘气行为在内的"。——"你必须承认历来生活中的严峻礼数总是跟笑谑混合一起,在不断营养着一个怀有希望的民族的。"(69页)

过年,战争期间是双方"息怒"的"暂停";太平年月,"老百姓把破坏了的民族庄严性质用过年的形式重新捡拾回来"。

> 所以,过年是一种份量沉重的历史情感教育。
> 文化上的分寸板眼,表面上看仿佛一种特殊"行规",实际上它是修补历史裂痕和绝情的有效的黏合物,有如被折断的树木在春天经过绑扎护理重获生命一样。(160页)

现代人又无知又自大,才会把人类在漫长的生活中形成的一些习俗当成"迷信";又懈怠马虎怕麻烦,就把"文化上的分寸板眼"当成"繁文缛节";还现代得浅薄，所以无从感受什么叫"历史情感教育"。那么，怎么可能在季节轮换、年岁更迭中，一次又一次地体验到"恭敬、虔诚，一身的感怀和新鲜"（161页）？

（三）自己和别人

序子上学后，以前的玩伴表哥表姐来得少了。黄永玉顺笔讨论了一下这个"某人某人以前来得多，现在来得少"的问题：

> 只顾自己怨尤，不考虑别人也有人生。
>
> 以前提携过的部下、学生……现在都来得少了。你没想到人人各有各的衣禄前程，各有各的悲欢。有的人的确把你忘了；可能是得意的混蛋，也可能惭愧于自己的沦落无脸见人。大部分人却是肩负着沉重担子顾不上细致的感情。
>
> 你要想得开；你要原谅世人万般无奈和委屈……（408—411页）

——能明白到大部分世人的重担、无奈和委屈，才能克服个人的怨尤，才可以产生怜悯人生的心吧。

"爱·怜悯·感恩",是黄永玉写在这本书前的三个词,每个词都是沉甸甸的。

不仅要原谅别人的万般无奈和委屈,自己也难免不陷入这种境地,要担得起这些东西:"人之所以活在世上就是要懂得千万不要去讨公道。好好地挺下去,讨公道既费时间也自我作践。"(999-1000页)——看上去是"消极""负面"的经验和智慧,其实是要"积极"地去做值得做的事,"正面"地做自己。

(四)命运这东西

《无愁河》里有一段写一群孩子做"鬼脑壳粑粑",这一帮幼小的艺术家们认认真真地施展他们造型能手的才华,快快活活地享受创造的过程和其间的满足,完成之后累得卧地即睡。在写到这一群小艺术家好梦正酣的时刻,黄永玉换了笔墨:"这里我要提前说一说他们的'未来'。我忍不住,不说睡不着,继续不了底下的文章。""他们没有一个人活过八年抗战,没有端端正正地浅尝哪怕是一点点的、希望的青年时代。……往时的朱雀城死点人算不了什么大事,偏偏序子周围的表兄弟除柏茂老表兄之外都死得失去所以然,死得没有章法。八年抗战初期，嘉善一役，一二八师全是朱雀子弟，算来算去整师剩下不到百八十人。全城的孤儿寡妇，伟大的悲苦之下，我那几个表兄弟就没人想得起来了……"（532页）

——活到了后来的人才知道后来的事；但是活到了后来的人，看着他们当时对于"未来"的无知无觉，会是怎样无可比拟的沉痛。命运这东西，常常"没有章法"（！）得让人痛切失语。

为什么我要强调《无愁河》展现的不仅仅是童稚的眼睛第一次看到的世界，同时也是沧桑之眼看了一遍又一遍的世界？其中的一个原因，这里面包含了许许多多只有通过漫长的人生经历之后才会明白的人情和世事、文化和智慧，还有曲折沉重的历史。

四

起笔写这篇文章的时候，我还打算谈谈这部作品的用字、用词和造句，既有"花开得也实在放肆"（8页）这样的乡野之言——我想起我的祖父和父母也这样用

一九五〇年黄永玉拍摄的凤凰

"放肆";也有"醒"这样看上去很文雅的字眼,《无愁河》里出现却是在方言里,"醒醒家"(201页),我会注意到这个字是因为一直很喜欢"五斗解酲"这样的"任诞"——喝五斗酒来解酒病:《世说新语》里这样描写刘伶;还有一些"跨学科"的句子,如序子的父亲幼麟做菜,"一个菜一个菜地轮着研究其中节奏变化,他觉得很像自己本行的音乐关系"。(19页)蓝师傅做菜,"他在迷神,在构思,在盘算时间、火候、味道、刀法、配料之间的平仄关系"。(34页)

还打算谈谈这部作品里的引述,从《圣经》到《约翰逊博士传》到《尤利西斯》到《管锥编》,从古典诗词到朋友著作到电视相亲节目《非诚勿扰》孟非总是要来那么一句的"爱琴海之旅"。

我更想谈谈这部作品整体气质上的"野"和"文"。光看到"野"是太不够了,它还"文"得很。既"野"又"文","野"和"文"非但不冲突,还和谐得很,互相映衬,互相呼应,互相突出,合而为一。这不是一般作品能够呈现出来的吧?

为了这些打算,反反复复看了三厚册书中我画的道道、写的旁注、折的页码，真是犯了愁。太多地方了，怎么说得完，说得清？——干脆放弃吧。

末了给自己找个理由：要是一部作品的好，你能说得完，说得清，也就算不上特别丰富的那种好了。

二〇一三年十二月五日

少年多谢相遇的世界

黄永玉《无愁河的浪荡汉子·八年》

一、路线和年龄

《无愁河的浪荡汉子》第二部（北京：人民文学出版社，二〇一六年），翻开来是一张手绘地图，标着："哈哈！这八年！"——从一九三七到一九四五年。这一部就叫《八年》。图上的红线，连接起一个个地方，划出了一个少年的"道路"；现在出版的是上卷，这张图上的路线，暂时只看到这么长就可以：

十二岁的序子，离开家乡朱雀城（凤凰），到长沙一二八师留守处找爸爸；又随留守处经武汉、九江等地，迁往师部所在的安徽宁国；适逢一位远房二叔从师部回集美学校，序子就跟着二叔，经杭州、上海、坐船到厦门，考入集美初中；未几，日军攻打厦门，学校迁往安溪。厦门、安溪集美学校的生活，是描述的重点。但序子"异类"的行为，使他不得不离开安溪集美，另转入德化师范学校；德化待的时间更短，仓促逃离后，在同学老家过了个温暖的年，即往泉州浪游而去。这个时候的序子，十五岁。

二、 记忆力和多情、多谢

写法呢？走到哪里写到哪里，出现什么就写什么。你得一再惊叹黄永玉记忆力之好，清晰，完整，实为罕见。偶有记不得的地方——从集美农林学校到安溪的路程、刚到达后的情形、晚自习照明用什么灯——特意标出，无限遗憾："活了九十岁，一辈子对自己的记忆力从来颇为自信，唯独迷蒙了这三件事，以致留下了'真空'，实在对不起自己和读者。"（210页）

记忆力的问题似乎没啥好讨论的，有的人记忆力超群，有的人记忆力糟糕，天生的东西不必讨论。但除去天生的部分，记忆还有后天的运作，譬如你为什么记住了这件事而没有记住那件事，就是选择和舍弃。记忆有自动选择和舍弃的功能，但在自动之外，也还给个人留有空间。可以讨论的，就是这个空间。从这个意义上说，黄永玉记得那么多，记得那么细，是他的记忆力想要记得那么多，记得那么细。他的记忆力想要都记下来。

为什么想要都记下来？概而言之，是因为他经历的人、事、物，和他都有关系，他对这些都有感情。这话听起来没有什么意思，其实关键正在这里。我经历了某些事，但我很可能觉得这样的经历对我没有一点影响，和我没有什么关系，当然更谈不上感情，日久年深，忘了也很自然。黄永玉特别，他不筛选，凡是出现在他生命中的，都和他的生命产生关系，由关系产生他的感情。所有的经历，不仅是好的，还包括坏的，都能够吸收转化为生命的养分。没有关系，没有感情，怎么记得住？

所以，从这里，可以见出黄永玉的一个特质：用年轻时候的朋友汪曾祺六十几年前的话说，是"多情"，

"对于事物的多情"。这话出自一九五〇年汪曾祺写的《寄到永玉的展览会上》,"多情"跟好多方面联在一起:"永玉是有丰富的生活的,他自己从小到大的经历都是我们无法梦见的故事,他的特殊的好'记性',他的对于事物的多情的,过目不忘的感受,是他的不竭的创作源泉。"

这种"对于事物的多情"特质,换作汪曾祺的老师、黄永玉的表叔的说法,就是对世界的"有情"。

用黄永玉自己的说法,也是他常说的,是对世界的"多谢"。

三、 无声

因为"多情""多谢",点点滴滴,都值得用心写下来。《无愁河》写得这么长,黄永玉话这么多,岂是无缘无故?

但读这一部《八年》,有一处,你以为该多写却没有多写,你以为该说话的人却没有说一句话。密密麻麻的《无愁河》,偏偏在这里,给你一个震撼的留白。

黄永玉与《无愁河的浪荡汉子·八年》，二〇一九年

那是在宁国,父亲决定让序子去集美读书。

"爸,怎么我一点都冇晓得我要走?"序子问。

爸爸把左手拐靠着桌子想事情。想完事情放下左手低着脑壳又想。

"爸,你咯子冇好过,把光洋退送顾伯、戴伯,我不去了就是……"

爸爸轻轻跷起二郎腿一晃一晃看着天花板。

"爸,我想到个好办法,让紫熙二满把你也带去不就行了,我们一齐走。"

爸爸摸着序子脑壳。

"爸,其实你用不着难过,我去一些日子就回来看你一次,过一些日子又回来看你一次……"

爸爸默默打手势要序子睡觉——序子边脱衣服边讲:"爸,其实也是好事情,得豫三满以前对你讲过,你在宁国暂时住段日子就去上海找田真一姑爷和大孃,住到他们那里。再慢慢一个一个找你上海画画的老朋友,在上海画画卖钱,日子好了,把妈和挈挈都接过去,寄钱养婆。我读书得空就来上海看你们。到那时候,你自己想想,那会多好。听说,宁国离上海也不远,坐车坐船,一两天就到。比朱雀到长沙近多了!"序子钻进被窝里还讲:"爸,东坡《水调歌头》词讲:'人有悲欢离合,月有阴晴圆缺,此事古难全。但愿人长久,千里共婵娟……'"睡着了。(82–85页)

序子说了又说,父亲一声不响。第二天汽车站送别,父亲"动作轻松潇洒,面带微笑,一点也没料到这一盘行动是生死之别"。

九十岁的老人回忆起这些,慨叹四十刚出头的父亲"还年轻,太善良",没有本事预计民族的大历史和个人的小历史,"常常给小民众弄几笔率意的玩笑"——"唉!算了!算了!""佛告须菩提,凡所有相,皆是虚妄,若见诸相非相,即见如来。"可还是忍不住要问:"小民众做得到吗?痛不觉痛,伤不觉伤,离别不觉离别,欢聚不觉欢聚……"(86–87页)

此后的序子,就只能从断续的书信里得知亲人和家乡的消息:一二八师解散闲杂人员,开赴战场,朱雀子弟嘉兴一役几近全部战死，剩下一城孤儿寡妇，"树不发芽鸡不叫"，悲伤到连哭声都没有；父亲找不到工作，无奈之下，只身到青浪滩绞滩站，学音乐美术的小学校长，一辈子沦落在险滩疾浪轰天价响的寂寞里；母亲到沅陵难童收容院做先生，带着的三个弟弟也就做了难童；九孃疯了……

四、底子

序子浪荡世界，两手空空，但你要说这个少年一无所有，那就错了，他随身携带着"动人的财产"，别人看不见，自己心里有数。"无愁河"的源头在朱雀，他生命的原初阶段在这个特别的源头里浸了个透；他走出来，如同"无愁河"流出来，这个丰沛的源头还一直在，一直连着。

坐船过洞庭湖见岳阳楼，想起范仲淹的名篇，"冇哪样感动"，觉得除了两句名言，都有点散，"风景气势写得零零碎碎，写得急"。"头八句就把闹台打响，一盘一碟，一碗一盆好菜往你身上扣，让你顾东顾不来西，泼得你满身胶湿,汤水淋淋。这种文章我一句都做不出,想都有敢想过。"(44页)一个小学毕业生,讲得出这样的话?你还别不信,序子少小熟背了不少古诗文,更有幸在文昌阁小学受教于脾气古怪的胃先生,胃先生说"《岳阳楼记》虚而不实。我也受过他的影响,为这事翻过好多书"(293页)。这就是一点小小的文化底子。

底子这东西,要让它养人,就得给机会激活它。闯荡世界,与人、事、物相遇,就随处是机会。序子常常因眼前情景,冒出几句古诗词,顾家齐伯伯夸他:"读书就要这样子读法。见景生情才有用,才养人。"(81页)见景生情就是遇,遇到了,才激活了;激活了,才养人。

但与大千世界相遇,却也考验底子,有时候就显出不够、显出没有来。序子说,有时候想作诗,但"都在诗意的外边拿不进来"(35页),就是见出读书还不多、底子不够用来。序子在杭州见过新诗人刘宇先生,后来也想作首新诗看看,"'人生',对!'人生'起头。'人生'哪样呢?人生……'人生自古……''人生总发'?'人生迈步'……"这样的经验,让人知道自己的不足、不能，也是好。

　　序子的"财产"，还不只是一点文化底子，更重要的，是家乡给他打下的人生底子。这人生的底子好像无法说清楚，但关键的时候，就用上了。譬如，在安溪集美，序子留级的这一班从文庙搬到对河后垵分校，负责人是"仇人"杨先生，那序子怎么办？"在文庙，序子睡在床上还想过，遇上这种毫无反抗挣扎余地场合，王伯会怎么对付？幺舅会怎么对付？田三爷会怎么对付？隆庆会怎么对付？到了后垵，遇到意外，你怎么对付？你张序子就死了瘫了？你都十四岁了！你还怕？"（428页）这些家乡人，这些在序子小时候和他发生过关系的人，他们遇事会怎么办，就是序子的底子。后来，序子舍弃行李从德化师范逃走，也是因为有这个底子，才会有这个决定——"几十年来，序子一直挂念那些从朱雀带出来的无辜的被窝和箱子。是王伯决定的，他心里问过王伯。"（511－512页）王伯，一个朴野、强悍的女子，序子三岁多的时候带着他去苗乡荒僻山间避难的保姆，如此影响序子此后的人生。回头想想《无愁河》第一部浓墨重彩写王伯，就更能明白这个女人的份量和光彩。这样有份量和光彩的人，还有其他许许多多的人、事、物，还有整个家乡，给序子的人生打底，这个底子，你怎么敢轻估。

来到家乡之外的世界，来到与家乡不一样的环境中，在人、事、物的对比和参照之下，家乡的不一样才清楚地显现出来，才被有意识地认识，有意识地肯定。而那个家乡打底的自我，他的不一样也逐渐清楚地显现，被自觉地认识，自觉地肯定。譬如刚到厦门，高中生长白照拂序子，长白的温和、纯良深深感动序子，但他那种没有一点防护能力的善良又让序子心里想："这个人跟朱雀人没有一点相同的地方。把长白押到朱雀，他一天也活不下去。他根本不晓得世界上有一块用另外一种情感、另外一种生活方式、另外一种思想，成天在狠毒的飙风中从容过日子的地方。"（117页）

五、 喜欢"全世界"

这样一来，这个人会不会被圈限住，固执于家乡给定的一切，而拒绝接受不一样的东西？有些人确实可能会给自己画个圆圈，精神世界就在这个圆圈里面打转转；可是，"无愁河"是一条大河，一条长河，它有源头，丰沛的源头是给它宽阔和长远流程的；朱雀城给序子打下底子，坚实的底子是为他敞开生命，而不是封闭生命。

序子对新鲜事物、未知的世界，怀有强烈好奇，他的心态时刻敞开；而且，那样小的年纪，就有平和得惊人的理性。譬如，路经上海，初来乍到，耳闻目见，一定有诸多不习惯，"不过序子心想：讲老实话，我并不怎么讨厌它。大凡一种新东西来到眼前，都有点心虚，有点恨，有点对立，有点自危，混熟了，其实是好东西，用不着那么紧张的。新朋友也是这样，以为随时会扑上来，其实不会。""上海那么大，新东西多得来不及怕，来不及看，来不及喜欢。"（101页）

就是带着充分打开的心，序子来到集美，要做一个真实的"彩色的梦"——序子的梦"只有一回是彩色的。在朱雀"。（133页）

序子在集美念了三年不到，老是留级（六个学期，留级五次），学校办学宗旨宽怀，先生们也容忍这个

"异类"。这个通常意义算不上好的学生,对学校、对先生的感激却是至深无比的。学校"疏朗宏阔的文化气派"(488页)浸入他的神魂,"先生们则无一不可爱,无一不值得尊敬,无一不百世怀念"。(214页)"这是心里头的神圣,一辈子供奉的灵牌神位。"(355页)

这个"怪物"让人侧目的,除了留级,还有一件事:他竟然在《大众木刻》上发表了作品。序子的艺术道路,是从这里开始的。

课堂的世界太小,他不耐烦,抵触——"序子不是这个世界的";他渴望一个更广阔的世界,他找到了图书馆。他得低分的教室的世界,和图书馆的新世界,怎么比?"你打你学校的分,我打我自己的分。中间只有这一点点区别。"(219页)

我们谈黄永玉的时候,乐道他经历的传奇,不怎么谈他的读书;就如同我们谈沈从文,也是。可是成就他们叔侄的,不仅仅是经历,倘若没有超过常人的读书,是没法想象的。

所以,让我们看看少年序子的读书,举例来说:

《榕村语录》《榕村续语录》,康熙宰相李光地著,他是安溪人，居然有时也用很多白话文，北京那些提倡白话文的学者可惜不见提起他；

《肌肉发达法》，好！

《普通地质学》，好！是达尔文的徒弟莱伊尔写的，读熟了它，走到哪里都清楚脚底下是什么岩头，眼前是甚性质的山；

《人类和动物的表情》《贝尔格舰上的报告书》都是达尔文写的，比《进化论》有意思；

《警犬培养和训练》；

《云图》，好！七十八页照临照抄。

卢梭的《爱弥儿》，很有味道和见识，只可惜译文拗口，仿佛三斤新鲜猪肉让人炖煳了；

日本版的《世界名花大全》；

金端苓画的《欧战进展地图》，学着这个办法画了张"保卫大武汉地形图"……（219－220页）

他在图书馆把杂志、画报上的国际人物照片，用自来水笔画成漫画，自己编了厚厚的两本《国际人物漫画册》。

开始读莎士比亚、屠格涅夫、高尔基、绥拉夫莫维支；王尔德薄薄的《朵连格莱的画像》，前头打了四行

跟文章一点关系都没有的虚点（……），莫名其妙。（443－444页）

世界就是通过一本本书，一点一点展开在序子的眼前。

序子到清水寺旅行，发现一种没有见过的小虫，带回学校研究，到图书馆查动物学大辞典。"都看得出来，序子根本不可能是块科学家的料。……虽然动植物考试的分数不高，心里头就是喜欢；不是为了做科学家的喜欢，是做一个人的喜欢。等于喜欢这个'全世界'。在学校读书就是学一些如何喜欢'全世界'的本领。"（434页）

六、 虚妄

黄永玉写《八年》，里面有这么几句很坚定的总结：

序子铤而走险居然从容自若的根据何在？

他抓准眼前这个图书馆是他将要走进大世界的第一根据。

迈出的肯定脚步，是朱雀城所有孩子给他的"神力"。

除此之外，都归虚妄。（214页）

前面说过了"第一根据"和"神力"，现在说几句"虚妄"。

既为"虚妄"，大可不说。本来应该是这样，可是，让我觉得不得不说，又不想多说的事实是，有多少人的一生，就浪费在虚妄上。

孩子受教育，有的教育就是往虚妄上引导；

虚妄常常有不可思议的蛊惑力，成年人成熟了吧，并不，像中了邪，打了针，前赴后继；

有的人，他的事业就是制造虚妄。

序子实打实用脚走路，一步一步踩在坚实的地面上，有分辨力，有主心骨，有实的经验，过真的生活。

"心肠要硬一点，过日子要淡一点，读书要狠一点。"他父亲曾经这样告诫过。（43页）

七、 不急

《无愁河》从二〇〇九年起在《收获》上连载，我和不少读者一样,一直"跟读",到现在已经进入第八个年头。跟着跟着,这漫长的阅读,仿佛跟出了节奏,跟出了旋律。读这一卷《八年》,是重读,也仿佛是回旋。一边读一边想,还真是应该再读这一遍。哪能没有回旋呢。

序子学木刻,第一幅作品发表在《血花日报》上,朱成淦先生指点道:"你眼睛要注意明暗问题,起码看三个部分,亮的,暗的,不明不暗的三个调子……我以前读书的时候,老师教的是五调子,你先抓三个就行了。"(363页)

说的是画画和木刻,我想到了写文章。哪怕是写论文,能不能也有三个、五个明暗调子?总见有人讨论文学批评的文体,想到过这三五个明暗的调子没有?

第二幅木刻,朱先生说"倦慵之作",说"心思松"——"这七个字一辈子也没忘记。"(363-364页)

也通文章的写作。

但收获的岂止是文章的作法,不过这个比较容易说而已。别的,且只举一个例子吧。

我以前想不明白一件事,整人的人,整错了,自己也知道整错了，即使不道歉赔罪，也大可罢手，不再整下去。"他不。你不死，你活着，他反而认为是你在伤害他。"（507页）一句惊醒懵懂人，解决了困扰我好久的问题。

这部书，慢慢读，总有东西给你。黄永玉写起来不着急，我们读，也不用着急。

前头说过，序子批评《岳阳楼记》"写得急"；一九七二年，黄永玉跟一个年轻学生通信，指出他写作"缺乏构思上的延续力，你老是像闪光灯似的运用文字。一句一个意思，没有把造句耐心地用三两句或一小段宣叙得从容些"。可见"急"，在黄永玉心里是写作的大忌。由此我们多少明白，《无愁河》为啥写得不急，写得那么耐心，那么从容，第一部三卷，第二部《八年》出了上卷，还有中卷和下卷，还有第三部——老人家您慢慢写，我们慢慢读。

二〇一六年二月三日

汪曾祺和黄永玉：上海的事情
《无愁河的浪荡汉子》里的叙述及其他文字

一

"上海的事情我是不能像永玉那样的生动新鲜的记得了……"

一九五一年初，黄永玉在香港思豪酒店举办个人画展。汪曾祺在北京，年前写《寄到永玉的展览会上》，发表于展览次日一月七日香港《大公报》副刊，上面的话就在这篇文章里。文章开篇说："我与永玉不相见，已经不少日子了。究竟多少日子，我记不上来。永玉可能是记得的。永玉的记性真好！听说今年春夏间他在北京的时候还在沈家说了许多我们从前在上海时的琐事，还向小龙小虎背诵过我在上海所写而没有在那里发表过的文章里的一些句子,'麻大叔不姓麻,脸麻……'我想来想去,这样的句子我好像是写过的,是一篇什么文章可一点想不起来了!因为永玉的特殊的精力充沛的神情和声调,他给这些句子灌注了本来没有的强烈的可笑的成分,小龙小虎后来还不时的忽然提起来,两个人大笑不止。"(《汪曾祺全集》,北京:人民文学出版社,二〇一九年,第四卷,97页)

七十多年之后,黄永玉来完完整整地叙述他在上海的事情——《无愁河的浪荡汉子》第三部(这部长篇,《收获》连载到第十一个年头,从二〇一九年第一期起,进入第三部),抗战胜利后,序子来到这座城市。身处偌大的都市,与此前浪荡福建、江西等地,经的场面,见的气象,自是不同;而张序子本身,也已是越来越受关注的青年木刻家,作品参加了中华全国木刻展且不说,令人惊奇也让他自己惊奇的是,二表叔沈从文在《大公报·星期文艺》发表整版长文《一个传奇的本事》,介绍他的父母和他自己,他买了报纸一边走一边看,"傻了!""这从哪里说起?天打雷劈!那么震脑!"

序子见过和交往诸多名家前辈、年纪相仿的朋友，美术界的、文学界的，人来人往，可说的实在太多。这里单说他和汪曾祺的上海光景。

二

汪曾祺一九四六年到上海，经李健吾介绍，在致远中学教国文。序子在闵行中学教美术。有天，黄裳对序子说，巴金先生转告，汪要找你。序子去找到了曾祺，"第一次见面好像今早晨、昨天、上个月、几年前常常见面的兄弟一样，犯不上开展笑颜，来个握手"。交流起来，基本上是序子说，曾祺听，说的人滔滔不绝，听的人专注有心。曾祺开口，也多是问，比如，"你表叔那篇关于你的文章，上海这帮人怎么看？"序子说："我看这文章大家都欣赏喜欢，只有一个人不开心——"

"谁呀？"曾祺问。

"我妈！"序子说，"在朱雀看到我寄给她的这篇文章，很恼火，要是我在当场，那情绪一定很难招架。二七年以前她做过朱雀城共产党宣传部长,领导人化装游行,庙里打菩萨。她来信说表叔信口开河。'你爸是省师范学校正式毕业生,他什么?他还在外头打流,你爸居然还请他帮忙给我写情书?这么大胆的天晓得……'"

"好呀!太精彩了!能不能把这封信让我看看?"曾祺说。

"我看完就烧了,没有了!"序子说。

"哎呀!你看你烧了这么重要的东西,多可惜你懂不懂?"曾祺感叹。

"你想,底下还写了好多情绪性的话,很长的一封信,牵涉到两家好多琐事,传出去,表叔听到了一定想不到地难过。会伤害他一番真诚的好意。文学上、文字上的涟漪随情荡漾哪能像科学那么准确?你没见过我妈,一个因家事儿女困扰掉落凡尘的七仙女,这篇文章点燃她储藏一生的愤懑……"

"是,是,是,你讲得对,让我们在心底也把这封信烧了吧!以后不再讲了,永远不讲了!"

序子说只在八九岁时候见过一面的表叔，他的"野"，是"文野"或"仙野"，莫名其妙至极；他自己的"野"，很有些不同。他讲家乡，讲小时候的事，一直讲到前几年，"跟十二具壮丁尸体搭木船从瑞金到赣州，四天四夜，尸体在舱底，我在舱面，只隔一层木头厚甲板，夹缝间有时不小心碰得到他们的鼻子和脚指头……"——这段经历，《无愁河的浪荡汉子》第二部详细写过，比这里说得还要骇人。

序子说："我今天是第一次见你，有责任介绍我所有的细节给你听。"

两个人甚至谈到了婚恋：曾祺吃惊，序子居然结婚了；序子也惊奇，曾祺有女朋友——

"我不清楚你这种很少讲话、只用耳朵的人，怎么谈的恋爱？"

曾祺说："你讲得不错，我找的正也是个很少讲话、只用耳朵的人。"

三

第二天,一九四七年七月十五日,汪曾祺向他的老师沈从文写信汇报:"昨天黄永玉(我们初次见面)来,发了许多牢骚。我劝他还是自己寂寞一点作点事,不要太跟他们接近。"

写起信来,汪曾祺的话就多了:

> 黄永玉是个小天才,看样子即比他的那些小朋友们高出许多。……他长得漂亮,一副聪明样子。因为他聪明,这是大家都可见的,多有木刻家不免自惭形秽,于是都不给他帮忙,且尽力压挠其发展。他参与全国木刻展览,出品多至十余幅,皆有可看处,至引人注意。于是,来了,有人批评说这是个不好的方向,太艺术了。(我相信他们真会用"太艺术了"作为一种罪名的。)他那幅很大的《苗家酬神舞》为苏联单独购去,又引起大家嫉妒。他还说了许多木刻家们的可笑事情,谈话时可说来笑

笑，写出来却无甚意思了。——您怎么会把他那张《饥饿的银河》标为李白凤的诗集插画？李白凤根本就没有那么一本诗。不过看到了那张图，李很高兴，说："我一定写一首，一定写一首。"我不知道诗还可以"赋得"的。不过这也并不坏。我跟黄永玉说："你就让他写得了，可以作为木刻的'插诗'。要是不合用，就算了。"那张《饥饿的银河》作风与他其他作品不类，是个值得发展的路子。他近来刻了许多童谣（因为陈鹤琴的建议。我想陈不是个懂艺术的人），构图都极单纯，对称，重特点，幼稚，这个方向大概难于求惊人，他已自动停止了。他想找一个民间不太流行的传说，刻一套大的，有连环性而又可单独成篇章。一时还找不到。我认为如英国法国木刻可作他参考，太在中国旧有东西中掏汲恐怕很费力气，这个时候要搜集门神、欢乐、钱马、佛像、神俑、纸花、古陶、铜器也不容易。你遇见这些东西机会比较多，请随时为他留心。萧乾编有英国木刻集，是否可以让他送一本给黄永玉？他可以为他刻几张东西作交换的。我想他应当常跟几个真懂的前辈多谈谈,他年纪轻(方二十三),充满任何可以想象的辉煌希望。真有眼光的应当对他投资,我想绝不蚀本。若不相信,我可以身家作保!我从来没有对同辈人有一种想跟他有长时期关系的愿望,他是第一个。(《汪曾祺全集》,第十二卷,29－30页)

后面还有很多很多话。

读汪曾祺的信,与读黄永玉的小说,感受不大一样。叙述内容各有偏重,正好可以互补、对照。语调上,九十几岁的黄永玉回忆起当年,还是兴致勃勃,保留着一个年轻人闯荡新世界的新鲜感和兴奋劲;汪曾祺呢,比黄永玉大四岁,当时困顿落魄,心情实在糟糕。他说黄永玉发牢骚,其实更像是他自己牢骚太盛:这封信中,他说,"上海的所谓文艺界,怎么那么乌烟瘴气!……就是胡闹"。说到自己,也没有好口气:"五六两月我写了十二万字,而且大都可用(现在不像从前那么苛刻了),已经寄出。可是自七月三日写好一篇小说后,我到现在一个字也没有。几乎每天把纸笔搬出来,可是明知那是在枯死的树下等果子。我似乎真教隔壁这些神经错乱的汽车声音也弄得有点神经错乱！我并不很穷，我的褥子、席子、枕头生了霉，我也毫不在乎，我毫不犹豫的丢到垃圾桶里去；下学期事情没有定，我也不着急；可是我被一种难以超越的焦躁不安所包围。似乎我们所依据而生活下来的东西全都破碎了，腐朽了，玷污萎落了。我是个旧式的人，但是新的在哪里呢？有新的来我也可以接受的，然而现在有的只是全无意义的东西，声音，不祥的声音！"（同上，28－29页）

汪曾祺那时候发表过一篇短文，说起自己的工作："我教书，教国文，我有时极为痛苦。……一走进教室，我得尽力稳住自己，不然我将回过身来，拔腿就逃。"他用心讲课文，渐入佳境，"我思想活泼，嗓音也清亮；但是，看一眼下面那些脸，我心里一阵凄凉，我简直想哭"。——"他们全数木然。……一种攻不破的冷淡，绝对的不关心，我看到的是些为生活消蚀模糊的老脸，不是十来岁的孩子！我从他们脸上看到了整个的社会。我脚下的地突然陷下去了！我无所攀泊，无所依据，我的脑子成了灰濛濛的一片，我的声音失了调节，嗓子眼干燥,脸上发热。我立这里,像一棵拙劣的匠人画出来的树。用力捏碎一支粉笔,我愤怒!"(《幡与旌》,《汪曾祺全集》,第四卷,63页,64页)

序子上美术课,则是别一番情景。他很会调动那些初中生,边讲边画,"孩子们快乐的笑声漾到教室外头来了"。温和的校长也坐在教室后排听。后来因为李桦、余所亚离开上海,租的房子留给序子照料,序子辞去闵行中学的工作,校长还颇有些不舍。

四

星期六序子从闵行搭公共汽车到市里找曾祺,晚上常睡在他的宿舍。曾祺说:"其实你可以写点小说。"序子回答:"短的写过,长的打算写得比托尔斯泰那三本还长,没想到刚写到三页稿纸差一点四页的时候,抗战胜利了!眼睁睁把我伟大的计划耽误了!"

——这伟大的计划,黄永玉晚年重新拾起,就是现在我们看到、他还在继续的《无愁河的浪荡汉子》。

两个人去找黄裳,馆子里坐下,曾祺和黄裳谈他们当年昆明那些人和事。序子这才发现，曾祺讲话未必总是很少。不喝酒的序子，看两个酒人谈兴浓得水泼不进。他不插嘴，只当作上课旁听。"序子佩服他两个不谈《红楼梦》，也不知道他们酒醒之后谈不谈。《红楼梦》让人弄拧巴了。"一顿饭下来，序子做了三件事：听他们说话，夹菜吃饭，自己跟自己胡思乱想——"自己跟自己胡说，像蛟龙戏水，借着他两人搅起的水花引子，翻波腾浪，自我规模一番，当然，水花引子也看高低。"

三个人上朵云轩看画，进兰心看最新战争片《登陆马里亚纳岛》，到D.D.S喝咖啡，然后去巴先生家。巴师母陈蕴珍欢呼："哈哈，三剑客光临！"

曾祺向巴先生浅浅地鞠了个躬。巴金问曾祺，最近沈从文怎么样？曾祺说："和人用文学角度交谈时事，写些调皮文章。有时得罪人，他不清楚。三姐总是担心。"

> "我总是劝他，用毛笔写东西动静太大，那么小的字，太费神。"巴先生说。

"他也用钢笔的。顺手的事他都用钢笔。不过有时候在中国普通纸上用钢笔效果太意外,自己好笑。也不知哪儿弄来的那支蹩脚钢笔?人劝他买支好钢笔,他就自我解嘲地说:'是的,是的,派克,派克!'"

巴太太讲:

"你还别说,这些好人做的怪事,讲的怪话,都那么纯净。"

"古风!"黄裳说。

"温婉的古风!"巴太太说。

"不见得温婉!"曾祺说,"有时候拒绝一件不当的事,态度像革命烈士一样。"

序子身边的那帮年轻朋友,见过曾祺,一晚上三四个钟头混在一起,没听见他说几句话。他们问序子:"你那个汪曾祺是不是有点骄傲?"序子回得不含糊:"这话有点混蛋。说话少就是骄傲?怪不得各位少爷在这里谦虚得我一晚不得安宁。曾祺这人天生能抵抗纷扰,甚至还觉得有趣,也可能是一种不愿吹皱一池春水的诗意——有时我跟他一整天地泡,自觉话多,有点抱歉，他就会说：'说、说，我喜欢听！'"

序子看起来像个热闹人，其实做起事来极端严肃、认真，尤其是对待木刻。曾祺给他提意见，他立刻领会、承认、佩服："曾祺来信说，《海边故事》那张木刻，腿弯弯里头那两根线生硬，对顶着，粗，总让人看着不舒服。序子自己也早就感觉到什么地方不对头，已经重刻了三次。他说得很对。这家伙眼睛尖锐，时常看得到我怕别人看出来的地方。"

曾祺说序子"胃口好，胸怀宽，心里头自有师傅"。又说，"这回你来上海，要准备好牙口吃新东西了。"

"是的，千辛万苦来上海，就为的这个意思。"序子说。

"新鲜吧？"

"连痛苦都新鲜！"

五

黄永玉的记性真好。记得曾祺大清早起来，站在床上,居然来了一句街上捡来的歌:"你是我的生——命,你是我的灵魂。"记得和黄裳三个人去兆丰公园看黑豹,黑豹在睡觉,曾祺说:"动物园的动物不动,变成静物园,一点意思也没有。"记得两个人萌生离开上海之意,去市中心一个露天草地广场看了场电影,迪斯尼的《小鹿斑比》,半夜露水弄得浑身胶湿都没在意,曾祺只说了一句:"哎!今晚上没有月亮!"

一九四八年三月,汪曾祺经天津去北京;黄永玉和陆志庠一起跟张正宇前往台湾作画,几个月后黄永玉去香港。青年时代短暂的上海生活,就此结束。

六月二十八日汪曾祺致信黄裳,其中有一段:"黄永玉言六月底必离台湾,要到上海开展览会,不知知其近在何所否?我自他离沪后尚未有信到他,居常颇不忘,很想知道他现在怎么样了。少年羁旅,可念也。"(《汪曾祺全集》,第十二卷,40页)

十一月三十日又致黄裳:"黄永玉曾有信让我上九龙荔枝角乡下去住,说是可以洗海水澡,香港稿费一千字可买八罐到十罐鹰牌炼乳云。我去洗海水澡么,哈哈,有意思得很。而且牛乳之为物,不是很蛊惑人的。

然我不是一定不去九龙耳。信至今尚未覆他。他最近的木刻似乎无惊人之进步，我的希望只有更推远一点了。"（同上，43页）

一九五三年黄永玉离开香港到北京，进中央美院任教；汪曾祺在北京文联，编《说说唱唱》。两人同居一城，有来有往，却也各有所忙；此后长久遭逢动荡变幻，各自经历悲欢沉浮，交往渐由密而疏。

一九九七年汪曾祺谢世，黄裳翻检遗笺，作《忆汪曾祺——故人书简之四》，"重温昔梦，渺若山河"。

二〇〇六年黄永玉写《黄裳浅识》，其中说道："解放后，我一直对朋友鼓吹三样事，汪曾祺的文章、陆志庠的画、凤凰的风景，人都不信。到六十年代，曾祺的文章《羊舍一夕》要出版了，我作了木刻插图……"《羊舍一夕》一九六三年初由中国少儿社出版时改名《羊舍的夜晚》，是三个短篇的集子，黄永玉作插图和封面设计。

二〇一一年十一月，黄永玉为巴金故居画大幅巴金像，在故居开放之日前来参加仪式，第二天与老朋友黄裳相聚。黄裳写《永玉的来访》（这大概是黄裳最后的文章之一吧，过了不到一年，他即去世），记录了他们的"笔谈"，其中有如下情形：

> 在饭桌上他用自己的墨水笔写下的第一句话是，"我和曾祺吃了你一辈子。"
> 这，横看竖看都是一句错话或醉话，实际台上没有酒，只有茶。
> 借此机会，我再次提出，"你实在应该好好写一写曾祺了。"
> 永玉摇摇头说，"我一直写不下去。……曾祺晚年给一群青年作家包围了。……"

《无愁河的浪荡汉子》进入第三部，开始解决这个问题。

二〇二〇年七月九日

汪曾祺小说《羊舍一夕》插图，一九六二年

一个传奇的本事续

李辉《传奇黄永玉》读记

一

一九四七年三月,沈从文写了一篇万余字的长文,以湘西历史变化为经,一对青年男女教师的故事为纬,交织而成《一个传奇的本事》。当时在上海的黄永玉,马路上买到这张报纸,"就着街灯,一遍又一遍地读着,眼泪湿了报纸……谁也不知道这哭着的孩子正读着他自己的故事。"(黄永玉《太阳下的风景》)沈从文所写的那一对青年男女,是黄永玉的父母黄玉书和杨光蕙。"为初次介绍黄永玉木刻于读者而写成的"这篇文章,大部分谈的却是"永玉本人也并不明白的本地历史和家中情况"（沈从文《附记》）。

许多许多年过去，黄永玉也老了。老头从头写自己的故事，光是幼年，两岁到四岁，就写了二十万字。《无愁河的浪荡汉子》，密密麻麻的回忆，一生的传奇，哪一天能写完啊。

如今李辉的《传奇黄永玉》（人民日报出版社，二〇一〇年）出版，对我这个读者来说，感觉是，来得正是时候。

《传奇黄永玉》按顺序和内容分成了五个部分，时间上到一九七六年为止；如果从作者要解决的问题和相应的叙述方法来看，则可以从三个方面来看，这三个方面，用自序里的话来说，即是："或以故事叙述为主（缺少史料印证的早期生活），或基于史料的发掘来解读传主与某一具体人物的关联（如与沈从文、汪曾祺的交往），或借传主的故事进而展开对某一时期美术界整体的考证与叙述（如'文革'美术风云的碎片拼贴）。"在这三个方面，这部著作都有成就。

二

现在说起凤凰这个地方，人们往往只是赞叹它的美丽和民风的淳朴，而昧于它野蛮血腥的严酷历史。黄永玉还在襁褓中时，父母带他从常德回凤凰，路遇土匪抢孩子绑票，父母把他塞进一个大树洞，才躲过一劫。黄永玉的父母是上过师范学校、学习音乐和美术、毕业后从事教育的一对新型夫妻，还参加了共产党，一九二七年凤凰残杀共产党人，三岁的黄永玉目睹了被砍头的尸体：自传体小说《无愁河上的浪荡汉子》写王伯抱着狗狗冲进围观的人群，"走进一看，地上躺了三个人，脑壳和胸脯都有乌血。不是狗狗爸妈"。父母逃亡，黄永玉随即也被送到了乡下。

这并非可有可无的细节，也不是传主偶然的经历，过去就过去了。李辉写童年黄永玉，特别写到这个地方"古怪"的恐怖。这其实也是沈从文在谈到家乡时一直在强调的一面。沈从文一九三二年写自传写小孩子观看杀人，黄永玉一九五〇年《火里凤凰》写过去"挨刀"

好汉的临刑,都含有把沉重的历史和现实里的地方因素,与个人性格、命运相联系的线索。李辉说,"这种发生在城门外目睹死亡的经历,无疑内在地影响着一代又一代凤凰城孩子们的性格形成。自幼感受到血雨腥风中的野蛮与残酷,自幼看惯了死亡,对于他们,平生遇到再大的苦难,也不会感到恐惧。他们将以自己特殊的坦然,面对未来发生的一切"。这绝非凭空而来的议论。在《一个传奇的本事》里,沈从文就说黄永玉,"这不仅是两个穷教员的儿子,还是从二百年前设治以来,即完全在极变态的发展中一片土地,一种社会的衍生物"。

黄永玉少小离家之后的漂泊经历,我以前只是从各种文章和叙述里知道个零零星星,读这部传记,才获得了一个清晰的线索和完整的图景。

一九三七年春天,黄永玉离开凤凰,几经辗转到达厦门,秋天入集美学校初中,后又随学校迁到安溪山区。就是在这里,这个顽野的少年开始学习木刻。但只过了两年,初中还没毕业,他就离开了安溪,流浪到福建的德化、泉州、仙游、长乐和江西的赣州、信丰、安息等地,一直到一九四五年。抗战八年,黄永玉漂泊了八年，从十三岁到二十一岁。

在此期间，他遇到了两个人，一个是十七八岁时遇到的王淮，一个是二十岁遇到的张梅溪。在信丰遇到张梅溪，是他人生的一个转折点，他们从此成为终身伴侣；在泉州遇到王淮，对他尚处于艺术创作初期的摸索，有重要的鼓励和启迪。黄永玉在泉州加入战地服务团，新来的团长王淮帮他出版了第一部作品：手印木刻集《闽江烽火》；更重要的是，告诉了一些他到老还记得的话："你也要在画画刻木刻上头去体会那一点'平常'，不要动不动就夸张。艺术的最高境界是随心所欲。能随心所欲的基本功就是仔细地观察生活，储存起来。""要读书，不读书而观察生活等于零，因为你没有文化，没有消化生活的武器。技法是很快就学得会的，不要迷信，也不要轻视，世界上哪里有不会画画的画家？"

三

传记有专门写黄永玉与汪曾祺交往的内容，这是在别的地方读不到的，因为这里所披露的主要材料，一是汪曾祺的信，二是黄永玉的谈话，都不易得。汪曾祺的信是新近才发现的；黄永玉不肯写关于汪曾祺的文章，因为"他在我心里份量很重"，但他和李辉做了一次关于汪曾祺的谈话。

一九四七年，黄裳、汪曾祺、黄永玉结交于上海，有一年左右的时间三个年轻人常常结伴而行。七月十五日，汪曾祺写信给他的老师沈从文，说他昨天才初次见面的黄永玉是个"小天才"，"真有眼光的应当对他投资，我想绝不蚀本。若不相信，我可以身家作保！我从来没有对同辈人有一种想跟他有长时期关系的愿望，他是第一个。您这个作表叔的，即使真写不出文章来了，扶植这么一个外甥也就算很大的功业了。"

汪曾祺的信很长，六页纸，差不多五千字。读这封信的感觉和读后来汪曾祺的文字不大一样，其中有一段设想请人写文章评黄永玉，点将录一般，随兴而谈，很有意思，也很有年轻人的意气风发：

> 我曾说还要试写论黄永玉木刻的文章，但一时恐无从着手。而且我从未试过，没有把握。大师兄

王逊似乎也可以给他引经据典的,居高临下的,用一种奖掖后进的语气写一篇。(我希望他不太在语气上使人过不去。——一般人对王逊印象都如此,自然并不见得对所有人都如此,我知道的。)林徽因是否尚有兴趣执笔?她见得多,许多意见可给他帮助。费孝通呢?他至少可以就文化史人类学观念写一点他一部分作品的读后感。老舍是决不会写的,他若写,必有可观。可惜,一多先生死了,不然他会用一种激越的侠情,用很重的字眼给他写一篇动人的记叙的,虽然最后大概要教导他"前进"。梁宗岱老了,不可能再"力量力量"的叫了。那么还有谁呢?李健吾世故,郑振铎、叶圣陶大概只会说出"线条道劲,表现富战斗性"之类的空话了,那倒不如还是郭沫若来一首七言八句。那怎么办呢?自然没有人写也没有关系。等他印一本厚厚的集子,个人开个展览,届时再说吧。

一九五一年黄永玉在香港办个展,汪曾祺发表《寄到永玉的展览会上》,生动而富有见解地评论了黄永玉的艺术创作。

一九五三年黄永玉从香港回到北京以后，两个人生活在同一个城市，从常有来往，到渐行渐远，终至于隔膜。黄永玉告诉李辉，"'文革'结束后，他来找过我两次。我对他很隔膜，两个人谈话也言不由衷。他还送来一卷用粗麻纸写的诗，应该还在家里"。

可是黄永玉始终认为，"我的画只有他最懂。""他死了，这样的懂画的朋友也没有了。"

下面这段话，读时不能不在心里感慨唱叹，却又无从说明是什么样的感受：

> 和他太熟了，熟到连他死了我都没有悲哀。他去世时我在佛罗伦萨。一天，我在家里楼上，黑妮回来告诉我："爸爸，汪伯伯去世了。"我一听，"嗬嗬"了两声，说："汪曾祺居然也死了。"这有点像京剧《萧何月下追韩信》中，萧何听说韩信走了，先"嗬嗬"笑两声，又有些吃惊、失落地说了一句："他居然走了。"我真的没有心理准备他走得这么早，总觉得还有机会见面。他走的时候还不到

八十岁呀！要是他还活着，我的万荷堂不会是今天的样子，我的画也不会是后来的样子。

四

传记写"文革"初期美术界所遭受的大规模冲击和一九七四年的"黑画事件"，关注的重心已经不仅仅是黄永玉一个人的遭遇，更是一大批艺术家的命运和一个特殊时期的历史情形。这里的头绪相当繁杂，可资利用的资料必须花大量工夫去寻找、考辨。除了当年的报刊、现在已经公开的文献、当事人的回忆和访谈，李辉还搜集了大量的"文革"小报、批判材料汇编的小册子等，使得还原历史情境的叙述能够落到实处和细处。

这里面有些东西饶有意味。举两个小例子。

"文革"初期被推到历史前台接受讨伐的画家，都是当时还在世创作的，除了一位齐白石，一九五七年已经去世。为什么齐白石会在一九六七年成为讨伐对象？一篇小报文章称，这一年五月，红卫兵和造反派发现了毛泽东一九六五年七月十八日关于绘画使用模特儿问题的批示。现在我们可以在《建国以来毛泽东文稿》第十一册（中央文献出版社，一九九六年）查到毛泽东在一封信上的批语，关于齐白石，有这样的话："齐白石、陈半丁之流，就花木而论，还不如清末某些画家。""……齐白石、陈半丁流，没有一个能画人物的。"与毛泽东批语同时在小报上披露的，还有江青一九六四年十月二十五日与中央美院三名教师的谈话，在小报刊登的这篇《与美术学院教员的谈话》中，江青非常"风趣"、非常"形象"地说："陈半丁的画各地都是，齐白石的一把葱、两头蒜、几个虾米说得那么好？很奇怪，怎么捧起来的？齐白石反对土改，身上挂一串钥匙，守财奴！"

另一个例子是一张信笺，二〇〇八年不知道怎么流到了收藏市场。这是于会泳一九七四年写给姚文元的信，信中说有一篇反击美术黑线回潮的文章，点了宗其香和黄永玉二人的名，请示发表。姚文元两周后作批示，提出两个方案，送呈张春桥、江青。张春桥和江青又分别批示。一张信笺，几个历史角色，边边角角都写满了字："黑画事件"的关键批示。这封信现在被黄永玉装裱起来，挂在卧室里。

《传奇黄永玉》增补本,湖南美术出版社,二〇一三年

五

我手头有李辉的一本《与老人聊天》（大象出版社，二〇〇三年），里面有一篇和黄永玉的谈话记录，时间是一九八九年四月，在凤凰。那算是为写黄永玉传而做的第一次采访。如果从那个时候算起，到现在《传奇黄永玉》出版，已经过了二十年。李辉不是写作速度慢的人，这一本传记写得却不能算快。看看他费心搜集的那些零零碎碎的资料（他自己称之为"风中碎片"），看看他把大小不一、形状各异的碎片拼成相对完整的图景，看看他要从中找出历史的脉络和命运的踪迹，又觉得这是必须的，必须付出漫长的时间和大量的精力。

而且还没有完。继续投入时间和精力，写出一九七六年之后的黄永玉，写出这个生命中年之后的焕发和艺术上的创造，是一件诱人而仍然艰难的工作。不过我相信不用再过二十年了。

二〇一〇年七月十七日

这一部作品和这一个读者
谈周毅《沿着无愁河到凤凰》

一

什么是好的文章呢？读《沿着无愁河到凤凰》(中信出版集团，二〇一五年)，重新唤起了我的一个想法：再读一遍，仍如初读。好比一个本已熟悉的人，不断接触，还不断有新的感受。这书里的文字，单篇发表时，我都读过，而且赞叹；集成书，有了一个新的面貌，再读，既已相识又如初遇，早有的相识打下了信任的底子，新的相遇就可以专心于信任的到底是什么了。

书的核心是谈黄永玉自传体长篇《无愁河的浪荡汉子》，及其所关联的种种，涉及广，却要言清晰明朗。

开过一个新书分享会,"凤凰的武功与文脉——从陈渠珍、沈从文到黄永玉",我答应参加却因事没有去成,事先倒是想了一个说话的引子:沈从文有一位终生好友,四川人,居住在上海,当然是巴金;这两个人那么不一样,怎么会成为那么好的朋友?大的方面不去管它,有一点,你说重要还是不重要:沈从文说话,难懂,即便他的连襟,博学的语言学家周有光也说,他的话我只能听懂百分之多少;可是巴金,完全听得懂沈从文说话。他们算是同一个语言区域里成长起来的人。这个类比未必处处妥帖,但我还是要说,现在,一个在上海的四川人,周毅,听得懂凤凰人黄永玉的话。

问题就来了。黄永玉说的是普通话,谁会听不懂呢?《无愁河》虽然大量运用了方言,却断不至于到读不懂的地步。那么,周毅的懂,又有什么特别之处呢?

懂与不懂的界限,在有隔,还是无隔。《无愁河》从字面上非常容易懂,但是有人读不下去,读不进去,就是有隔。读下去是沿着叙述走,多少还是外在的;读进去是读到心里面去,就是向内的功夫了。有隔而无感,这作品就和你没有缘分。其实人的成长、经历、教育不同，有隔也正常，周毅也提醒了行当之隔、时代之隔、地域之隔（143-144页），但能破掉种种、层层的隔，而明白这部书的好处，也是了不起的阅读体验。只是少有人做这样艰苦的破除的功夫，碰到隔，就束手，就掉头了。

周毅幸运，从小生长在与凤凰接近的故乡的山水天地间，并且把这份无形而深邃的滋养一直保持在身，所以她一见《无愁河》，即有感而无隔，惊喜赞叹。有感是和这部作品发生关系的启动点，是个开始，开始之后呢？光有感动，还不够；再进一步，是感受，把这个词分开了讲，是感而能受，吸收这部作品的营养，接受它的馈赠；更进一步，是感应，不仅仅停留在接受的阶段，还要起而应之。要应，就得有自己的东西。从哪里觅得自己的东西呢？得从触发处见生机，生长出来。《无愁河》里谈到读书，有这么几句，从反面说："所遇事物只见感动，不见生机，不见聪慧，不见触发；"从正面说，黄永玉也格外看重感应，比如他说沈从文，"一个会感应的天才"。

周毅的这本书，就是从感动，到感受，到感应的书。她把黄永玉的作品读进了心里。岂止如此。从二〇〇三年初读《无愁河》自印本，到现在已经十多年了，这部作品简直就是"住在"了她心里。我曾经说周毅是《无愁河》的超级读者，这个说法只是一时找不到合适的词而临时性地用一下，超级不超级的比较心，已经沾染了时下的俗，还是她自己的说法贴切：住在了心里。

二

我读《无愁河》，又读《沿着无愁河到凤凰》，叠加，相映，真是不可多得的愉快阅读经验。具体来谈谈周毅的这本书，可以先说其大与宽，再论其细和深。

大与宽，是格局。分三点来看：

（一）理解《无愁河》，要放在凤凰一地的文明里。周毅称得上是果断，把"文明"这么大的词用在这么小的地方上，由此也可以理解，她为什么做了些看似和作品关系不大的工作。书的第一篇，浓墨重彩写陈渠珍，即是从大的格局着眼。陈渠珍在《无愁河》里只不过露

《沿着无愁河到凤凰》,中信出版集团,二〇一五年

了几次面而已，读者如果忽略过去，太正常不过，可是周毅把这个"见首不见尾、若隐若现"的人物，当作一个关键，她带着不平静的感情，描述其生平行事，人格信仰，洗刷尘埃，使其首尾俱见，变隐为现，由此通向对凤凰独特文明的理解。把《无愁河》"放到一个文明的命运中去看"（48页），境界就不一样了。周毅把陈渠珍、沈从文、黄永玉贯穿为一条脉络，来体会"这个文明积累的成就、达到的高度"（47页），大大拓展和丰富了《无愁河》的理解空间。从凤凰文明的视野，这里还有补充的余地，即除了这一条纵的脉络之外，还有各种因素综合造成的这个文明的土层和横面，深厚土壤上更广泛的横面，说起来复杂，周毅的书不是这个方面的专著，可以存而不论。

（二）从文学，而不是从当代文学，也不是从现代以来的文学，来理解《无愁河》。《无愁河》"是写于'当代'的'现代文学'，是生活于二十世纪末的人讲述的'自辛亥革命以来的生活'，这已经需要有不凡的笔力，才能打通这个时代之隔；况且，它又简直泯灭现代、当代，是焕然跃出的'古典文学'！读黄永玉，需要把这些现代、当代、古代的意象、隔膜，都通通破了才行"。（144页）读这段文字，那个感叹号，那个"通通"，我完全想象得出，如果是当面说，她会是什么神情，什么语气。

（三）对于周毅这样的读者来说，《无愁河》的意义不止于文学，它强大的能量不只是在文本内部流通，而穿过文本，通向了人和生活。它住在这个读者的心里，这个读者"带着从中获得的信息去生活"（223页），"去接近、经验、回到'真的生活'，一步步走向'健康的生活'"（226页）；它"潜藏着一股成就人的力量"，"我的所有相关写作，与其说是'研究'、'评论'，不如说是'感应'，在'感应'中'得到'；慢慢去了解，希望懂得更多，逼促自己，也去成就为一个'人'。"（223页）——黄先生，您看！

以发掘一地独特文明的惊喜，以不隔断的文学通观，以健康生活和成就人的感应，这个读者和一部作品，建立起一种非同寻常的交流关系。她写了一本书，也可以说写的就是这种关系。

三

若论细与深,一个简便的方法,是按照书的顺序,举一些例子。但周毅笔下文字,随处见光彩——这也是只有在特别的写作状态下才可能达到的——列举多了,容易给人琐碎的印象。还是得择要而言,只说对《无愁河》的基本把握。

黄永玉奇人,《无愁河》奇书,观其"奇",是一层;若只是观其"奇",还大大不够,更要能观其"正"。"奇"在渲染中会成为一种符号,形成一种抽象,"'无愁河'让人看到每天的日子,亲人间的颜色,黄永玉的'奇'就有了'正'的骨子,'奇'才不会成为一种表演性的生命姿态,能看到里面的踏实、正派、真性情……"(135页)我想补充说,对"奇"的过分强调,有可能拉开了和普通生活、普通读者的距离,阻碍了和作品的交流,说得更直白一点,那么"奇"的东西,和我这平常人有什么关系?我最多就是看个热闹、看个"奇观"而已,还是隔;所以周毅对"正"的反复强调,也是消弭隔的距离，这样作品和读者才能够发生更有意义的关系。

《无愁河》长篇巨幅描绘日常生活，《红楼梦》也写日常生活，它们的差别还不仅仅是普通社会的日常生活和特殊阶层的日常生活之间的差别，更重要的是，一个完整，一个不完整，"《红楼梦》的日常生活是残缺的，没有生产劳动"（43页）。

说日常和完整性，与当代小说也有一比。拿身体的感受这一点来说，当代作品中的"声音，形象，往往不完整，作者需要运用想象力、比喻，运用物与物的牵扯，常呈现散乱的状态"，而《无愁河》"一声、一形，都是完整的……多有'团神聚气'之感"。"前者需要不断强化自己，才达到引人注意的目的，而后者随时保持着和'宁静'的关系。"（117页）为什么会出现这样的不同？"身物关系这个衡量文学品质与生命品质的指标已发生了重要的变化。万物同在的世界，正坍缩为人的世界，而'人身'这个难得的'至宝'，也在坍缩。"（116页）

《无愁河》写的是序子（狗狗）十二岁以前在家乡

的生活，写童年之美，容易看出来；但光是美，就太泛泛了，也不够，所以周毅还要说，是写童年之力。童年哪来的力？看看这两个词："老成"、"自持"。这两个词，黄永玉居然用到了混沌未开的小孩子身上。"狗狗两岁多，颇能自持，可以！"——有"自"可"持"，这"自"从哪里来？"他不像六七岁以上的孩子那么'天真'，他还'老成'得很！"——怎么就"老成"了？——周毅解释得好："若'天真'这个近于滥用的词表示一种已经开始迎合成人世界的'乖相'，那这个孩子的'老成'，便形容其与一种原始古老的生命力量尚未断绝联系的特点，古意弥漫，还暗示其中有一种能护守、会将外物反弹出去的强悍本能。""自持，不完全是儿童教育得来的，还是朱雀城多少代人气质的积累、遗传、渗透。这个'老成'，包含着一种'深厚'，一种'正'。"（151页）不过是两个词语的解释，却很大，呼应了她对文化和文明的理解，更突出了人的完整性。生命是有个元的，混沌未开的时候与这个元联系最密切，我们却常常切掉了这个不自觉的混沌未开阶段来认识生命，认识自我，一定是不完整的。

这里还可以举一个比"老成"、"自持"更混沌、也更有力的词，就是"不懂"。"草真香，沉沉叫狗狗听城外山上阳雀叫。狗狗不懂。狗狗耳朵里什么声音都有。"这样的听觉状态，"开放于广大天籁"（102页）。其实儿童的"不懂"，还不仅仅是听觉上的，全身心都可能"不懂"。也就是因为"不懂"，他才不会把某一种声音，某一种味道，某一种形象，特别地挑选出来加以特别的肯定，他不挑选，也即他不拒绝，因为挑选就意味着对未被挑选的拒绝，所以他的身心才是开放得彻底，"耳朵里什么声音都有"，一切皆能入耳，入眼，入身，入心。这样面对世界万物，才能不自觉地得其大，得其宽，得其厚，也不自觉地化成自己的力。

黄永玉的一个不同寻常之处，是他能够一直秉持着这童年之力，来延续和展开生命的历程；到他晚年，又逆流而上，回向这童年之力。

周毅对力敏感，她对这部书的理解大处见力，处处见力。二十世纪中国，大到民族，小到个人，最不缺的就是艰难、挫折、灾难，黄永玉的亲历，也是一个例证。可是，他写的却是《无愁河》，怎么能"无愁"啊？

"黄永玉先生的'无愁河',却重在一个'无'字。因有了这个'无',忧愁的长河婉转、反复起来,有了两个互为张力的方向。无,在这里不是一个形容词,它并非在形容一个没有忧愁的世外桃源,无,是一个动词,寄放着作家黄永玉逆流而上的身影。故乡与时代,把他顺流送到外面的世界来,而现在,他要凭自己的力气逆流而上,不仅是回家,更是肩负为故乡、为自己,把忧愁打扫干净的使命。"(148页)《无愁河》是一部"转悲为健"的书,"在经历了家国之痛、身世之悲之后,黄先生秉承自由批判之精神,表达了对一个深深扎根于他内心,包含天地、世界、个人的道德秩序的倾心修复和虔敬维护。"(185页)

四

最后,我要说一说在上海思南公馆举行的那个新书分享会。本来,我还为自己未能参加而心怀歉疚,后来看了文字记录稿,歉疚立刻消失。张文江老师讲陈渠珍,说他是陈、沈、黄三人中间通向古典世界的接口,说中国学问的核心是做人做事，而不是文字上打转的功夫；黄德海讲了《诗经》里的一首诗，引申出我们现代人对古代生活经验的遗忘和对自然感知的退化。这些意思，周毅的书里都有涉及。黄德海还说到周毅的文字和身上，都有"英气"——这个词用得非常准确。

我不具体复述对谈的内容，我想说的是这几个人。也不是具体说这几个人，而是说，有这么几个人。张文江是我的老师，也是周毅、黄德海的老师，虽然我们都算不上"正式"的学生；周毅和我是大学同学（邻级）和曾经的同事；黄德海跟我读过研究生。都有"关系"。为什么要说这个呢？不是闲扯，也不是题外话。一个原因，是我这篇文章标题上写"这一个读者"，"这一个"显得孤立，而有力量的是不孤立的，要把"一个"放到"很多个"当中，《无愁河》有很多个读者，在很多个读者中，有周毅这么一个读者（文章快写完了才想起，这本书的作者署名芳菲，芳菲就是周毅，我习惯了叫本名，忘了改过来，向读者说明一下，也向芳菲致歉）。另一个原因，不容易说清楚，但一定不是说世俗意义上的"关系"或"小圈子"，而是说人和人之间的互动和呼应，但这一句话也显得过于坐实，还是古人说得好，"生物之以息相吹也"——《无愁河》写人，写物，写自然，写社会，周毅说，是"乐感万物"的呼吸往来，所以才会有生生不息的力量。

二〇一五年九月十五日

纪念周毅：存下一些话，几首诗

一

二〇一九年五月六日，《文汇报·笔会》刊出长文《这无畏的行旅——读黄永玉"无愁河·八年"札记》，作者芳菲，就是周毅。我在微信里对她说，写得好，这么有力气。她立刻回了一句：

"以此存照，以此辞世。"

这一句话给了我钝重的一击。我知道她说的是实话，知道她是在重病临危的日子，几乎聚集起全部的力量写了这篇文章。唯其真实，才更让人无从接受。我没法回复。

第二天上午，倒是她写来："你得是有多笨嘴拙舌啊，看到我的'狠话'就不吱声了。还不趁我活着，赶紧夸我。"末尾加一个捂脸而笑的表情。

我这才多少放松一点。又过一天，我转给她林白发在朋友圈读她文章的话，她说："就是要这样给我一点糖吃。"又说，"林白真好，心无芥蒂的样子。"

黄黑妮拍了一张一九四七年《大公报·星期文艺》沈从文《一个传奇的本事》的版面给她看，说："满版的黄永玉！这是第二篇。"

我说："所以啊，你做了件大事。有力气做这样的大事。"

她回说："是黄先生本人有力气吧，相隔七十二年，还被人这么写。"

五个多月后，十月二十二日晚，周毅爸爸告知亲友："春妹走时是二十二点五十六分……春的眼睛慢慢闭合，脸上浮现出微笑。"

二十六日追悼会，音乐是她自己选的，门德尔松《乘着歌声的翅膀》。

二

周毅和我本科邻级，复旦中文系，我八五，她八六。她大四那年，跑到南区研究生宿舍找我，问我选导师的事。等她也住到南区，交往多起来。但我记忆力不好，记得很多事情，记得那时节青春的气氛，大多数细节和过程却模糊了。

毕业后我进文汇报社，一年以后她也来了。她问我工作的感受，我半自嘲、半玩笑地说，英语有个词，rag，破布，抹布，有时也指报纸。在以后二十多年的时间里，每每看到她工作得那么奋力，那么有成绩，我不仅暗自惭愧，而且为自己曾经说过这样轻浮的话，感到厌恶。我工作了四年离开报社，她从"独家采访"到"周末特刊"，写大大小小的特稿，再到开辟"人与环境"版，采编"书缘"版，后来到副刊，一步一步，都走得那么认真、诚恳。她在自己的新闻作品选《往前走，往后看》（上海人民出版社，二〇一二年）后记里说，"时间的淘汰是严峻的"，"有些事不是自己能决定，但'尽人事'三个字的意思，是很深的。"

周毅二〇〇二年到《笔会》，带着一股拼拼打打的生气，编发了不少未必合乎副刊习惯的文章。那一年我在韩国，她常来邮件讨论。恰巧陈思和老师主编《二十一世纪中国文学大系》，其中的《二〇〇二年散文》由我来编，我选了《笔会》的几篇。还写了一篇序，题为《界外消息》——所谓"界外"，指的是通常的散文界之外。这里面的想法，直接与我们讨论的互相呼应、激励相关联。

这一年的邮件，是我能找到的最早的，之前的都没有了。抄录两封，以存她那个时候的一些情形：

> 这两天忙着做星期四的版面，没有给你回信。但是你的序言我在周二的业务会上兴冲冲地念了一遍。也谢谢你选了我们这么多的作品。
> ……可是，今天一天我都有点在生闷气，因为周四的版面上一篇好文章被没有任何理由、且不允许问任何理由地被拿掉了，后来我转给了读书周报，他们欢天喜地地马上就上版了。

是凯尔泰斯的《苦役日记》。这位匈牙利作家作为东欧小语种作家,即使获奖了也不被西方人重视,可是我在看了译自匈牙利的两篇文章后,对他很服气,可以说受了感动和震撼。我把明天不能见报的这一篇附在后面,传给你看一看。

这是怎样的一种感动和震动呢——

特别是相对它所遭遇的事情来看?比鸿毛还轻的理由就可以否定它,枪毙它。

今天又把你的序言重新看了一遍,你知道吗,你在写作这篇东西时给人换了一个人的感觉。这次是"你",在"兴冲冲"地要闯入现实中来。

可是你知道这里面的悲哀吗?这里面的污浊吗?你准备怎么来担当呢?

你的《笔记本》周二已见报。这次的"日常写作"除了两三篇,整体不如上一期。但有可能下一期会好一点。对怎么做这一版面的文章,现在心里可能清楚一点了。

(十月三十日)

你答应给我写的三篇文章不能就此撒手了吧?

我今天走在路上，想起那些韩国孩子，觉得他们是以酷的外表表达对道德的驯服。

那天我知道你对我的话会有情绪化的理解，我当时本来想写清楚一点，但确实在气头上，说也说不清楚。

我可能想说的是，也不能完全相信现实，不论在现实还是在书斋，最重要的都是一个个人，一个最有可变性的，也有选择自由的、也是阿米亥说的那个"你不能相信他"的那个个人。

(十一月十一日)

这样一种紧张地思考、急切地做事、情绪时有起伏的状态，持续了几年。到二〇〇八年初，身体查出病，经受了艰难的治疗过程，她顺势放空休息，人也发生了变化，似乎走出了精神的困局，更趋平静、安定和自信了。

三

二〇〇九年，她整理自己写过的文章，编了一本

"与文学批评沾边"的集子,忽生"羞赧":不是惭愧写得马虎潦草,而是,"似乎寄托太深了"——这话其实是有些沉痛和复杂的,接下来再说一句,冲淡一点,简单一点,明亮一点:"有股想在文字中穷极真相的傻劲儿。"

"想起我妈妈年轻时候有段时间身体不好,老家有个中医建议,不要做教书这种费心的事,'去做一点养蚕之类的工作吧'。这一建议,妈妈没有实现,却不时在我心头浮起,成为我一个隐秘和欣欣然的梦。当编完这本集子后,心想:现在真的可以去养蚕了!"所以,她给这本集子取名《过去心》(复旦大学出版社,二〇一二年)。

她从自己过去的文章反省,"看到多是与现实世界不如意的缠斗,缺少超迈之气,才想到,怎么没为自己最喜爱的一部当代作品写过一个字呢?"由此,开始了一段新的行程。

这部她最喜爱的作品,是一册读过几遍的"未完稿",黄永玉《无愁河的浪荡汉子》,《文汇报》老人谢蔚明多年前转赠她的。于是花了近一个月,写了两万字。就在快写完时，忽然发现《收获》已经开始连载，黄先生重新开张，正专心致志接着写下去。

她把这称为"奇迹"，以后的日子里，她带着从这部作品中获得的信息，去"生活"。这样一种关系是罕见的，所以二〇一五年她的书《沿着无愁河到凤凰》（中信出版集团）印行，我写的书评题目是，《这一部作品和这一个读者》。

二〇一六年三月，《无愁河的浪荡汉子·八年》在黄先生年轻时住过的福建安溪文庙首发，研讨会上，主持人李辉老师对周毅说："知道你急着发言，有许多话，偏安排你最后一个说。"她涨红了脸，大家都笑了。

她不仅是急着发言，之前就急着，一个人早一天动身，坐动车从上海到泉州，找连真作陪，一处一处看黄先生带着感情回忆叙述的地方。

黄先生长河般的自传体小说已经超常连载了十一年，还在持续下去；它的这一个特殊的读者，先走了。想起她曾经遗憾、而又掩饰着遗憾地对我说："你会陪它更久。"

黄永玉画的周毅,二〇一四年

四

有一次我们谈起一个人的文章,我脱口道:"太自以为是了。"而她的评价是:"我见比较重。有人喜欢。"

说完了,又加上一句提醒:"你看,同样的意思,我们表达得多大差别。"再加一个笑脸。

这就是周毅,坦率,但有分寸。

她编发过我一篇写树的文章,之后发给我一些读者说好的反应,却不表示自己的意见。过了几天,来一短信:"我今天忽然明白,我为什么没有夸你树的那篇文章精彩,只属于正常的好。因为,在这篇出自爱树的人笔下的文章,竟然没有出现一棵具体的树!不足。呵呵,我请你看的笔会的文章,你要哪天想明白不好在哪里,也请这样告知。"

我回她:"这倒是,你说得对。不过我现在慢慢不是那么个人主义了,所以不会有具体的树,普通的每一棵树都是具体的树,不需要把哪个单独提出来。这也是我最近喜欢的平庸。"

她那么个性鲜明的人，一定不认同我这个喜欢"平庸"的解释，会觉得这近于抵赖吧。

比起批评、不认同，她的率真，更多体现在赞美上。

好久以前，二〇〇六年吧，她写过一个令人起敬的培植马陆葡萄的人，讲他的"有限发展观"；凑巧我写成一篇《苹果的报复》，说苹果的现代发展史，野性的种子被抛弃，品种的多样性被删减，口味的千差万别被统一。顺手投给她。没想到她把葡萄、苹果的文章扯上关系："啊，你是写一篇文章来教育我的。我满面通红。是的，我接受这教育。我写了一些人事的道理，你告诉我天的道理。"

我大呼冤枉。她还是不肯改口："不是教育是什么？你倒说说看。不过我满面通红的样子倒像一个苹果。"

她是以这样的方式来赞美一篇文章的。这样的赞美，不使作者虚荣，却能鼓励他把可能有的一点点的好，保护，生长，扩大。

她是一个能看出好的编辑，而且不吝惜夸奖。

"昨天的张定浩文章好吧！"

"关键是黄德海的文中有一种秩序,在批评议论的底子里,隐藏着令人振作,亦让人安顿的一种向上的秩序。"

有一年她去新疆阿勒泰看李娟,回来告诉我:"李娟妈妈真有意思。她对我说:上海啊,好是好,就是太偏僻了。她说得好吧?"我脑子里想想地图,还真是,上海太偏僻了。

这么健朗的一个人,她自己也需要赞美。有一回发给我一个链接,写:"芳菲的文章。为我高兴吧?"

我谈《无愁河的浪荡汉子》,里面提到她,她看到了,说:"想起一件事,《过去心》里有一篇《载酒游》,看过吗?当时在《新民晚报》发表,出来后给我儿子看,问他好不好,他说:'好!有我!'呵呵,你这篇文章我也说:'好!有我!'鼓励赞美这样的写作!"

她关于《无愁河的浪荡汉子》的长文都给黄先生看了。"你知道黄先生看了我的文章怎么说?他说:你像扛大麻袋上货船走跳板……我像一个粗人,但这个联想很带劲是不是?"

她希望给人一个带劲的、坚强的印象,同时又是活泼的，笑声明亮。她的笑声和她眼睛里的光芒，熟悉她的人，有谁能忘记？她有时任性，同时又严肃，严格。不是规矩的严肃和严格，是自己用力向上生活，自然产生出的严肃和严格。

这种向上的力量，不经意会感染别人，传递给朋友。得知她去世，一个年轻的朋友微信上说："今年真是崩塌的一年，但这么说就对不起我认识的周毅。"

二〇一三年四月，没来由收到她一封信："我这两天想起，我刚做《笔会》主编时你说的话，你说你高兴，一为私，一为公……这两年的《笔会》，其实得到了一些肯定的，只是显然还差得远。前阵子我编发张晖的信，给它取的题目是'小小成绩，皆需狮子搏兔之力'，也是我的心得。要取得一点点成绩，都很难啊！"她说的"难"和"狮子搏兔之力"，我多少知道一些，固然有很多因素，但她对自己的要求不肯降格，执着上出心，才是主要的吧。

二〇一六年《笔会》七十周年，约了一些人写文章，她约我，怕我怯于凑热闹，就又写上一段："上面说的是统一要求。另外还想跟你说几句体己话。想当年我初到《笔会》，你是对我有期望的，现在呢，我也知道失望不少，不过大约也知道怎么处理自己的失望了。但是你对好文章的期望呢？还是有的吧。在哪里呢？也许就请你谈谈你心里的好文章是什么样的。"这样说，言过了。我有什么资格、凭什么，期望和失望呢？我以五百字自限，写了一篇短文。

那些日子周毅是兴奋、感动的，为《笔会》得到很多人的喜爱。她这样说："很久没收到过情书，这次简直就是情书如雨点般扑来。"

又说："一句真心的话，就让人觉得小满了。"

五

二〇一六年，我起兴写三行的短诗，到八月初，《三行集》大概有一百首的时候，发给周毅看。于是，有了下面的微信对话：

"这段时间过得摇摆，今天终于有心情来打开了你的诗……每首都喜欢，每句都喜欢。看的时候脑子里是一个声音在读出来，是《路边野餐》里那个读诗的男生贵州话……贵州话像四川话，于我是近的，又有一点点陌生化……你是用什么声音来写下这些诗的呢？"

"我写的时候很平静，用很低的、平常的声音，生活的声音而不是诗的声音。好像也不是我的方言，大概是带着口音的普通话，没有特别注意。我自己确实是反复读的，读到觉得没有疙瘩了，就定下来。有一个方言词是特意写出来的，'你的眼睛不杀底'，'杀底'这个词。"

"我其实不是指你用了方言，而是指读诗的感受，可以用自己觉得近和最直接关系的方言来读的诗，应该是好诗。就好像这些句子可以，像雨滴一样，一直从天上落下了，落下了，落到屋顶，落到地面，落到树上，也落进井里。"

她又说："诗还是读比较好，哪天邀约大家坐在一起读一遍！你选人嘛！选了大家聚一次！"

我辜负了她的兴致，没有去做这件事。

过了两个月，她对我说："写诗很好，我也想写。"

二〇一七年五月，我到北京开会，百无聊赖之际收到她微信，就撕下一张纸，涂成一首《乌鸦》，拍下来，

发给她。过了几天,回复来了:

先看见字。

然后是,笔迹,
韵脚。

突然,听见了鸟鸣,
我返身——拽着它——
深夜仰脸走进光灼灼的晨间树林。

原来她是这样读一首诗的。一个一个环节,清晰,缓慢,沿着实在的"物质"形式——字,笔迹,韵脚,越来越迫近某个点;最终,这个点瞬间打开,打开为一个扩大、完整、生机勃发的世界——声音、光、时间、人的感受和行为。她身处其中。

她的呼应,我的感觉就是,"突然,听见了鸟鸣"。

她说:"这叫和诗吧?生平第一回!"

她说她这是"写实",我说我也是"写实"。她说:

"干一杯,哈。"

这之后不久,她的病,九年前的病,复发了。又转移,加剧。

我写了一篇短文,抄上她的和诗。她的反应是:"第一次,无名发表了一首诗!报上看到了,我妈说我写得好。"

我说:"妈说好,比谁说都重要。"

她说:"妈的偏心,杠杠的。她一说好,全家人都笑了。"

我说:"我是这样理解的:能写出让年轻人或同辈说好的,不难;能让长辈说好的,难。"

她说:"关键这是个特殊长辈!"

我说:"更重要。"

她说:"是的是的。"

有一天她发给我一首《一九三七年十一月,长沙》,是剪裁林徽因的一封信,叙述身历日军飞机空袭、一家人从炸弹里逃生的情形。她说:"懂了一点你当初剪辑沈从文文成诗的感觉。"

二〇一八年六月下旬,黄永玉先生来上海,周毅又

去看望了老人家,回来写成一首《夏至》:

  我所喜悦的,
  是夏至那天活泼的江风
  当华道夫的旋转门
  将人推送到中山东路的街口
  它与白云一起扑来
  清爽又多情地将远客抚弄
  若它湘西丛林里 沱江上的弟兄

  我所喜悦的,
  是夏至那天江雾迷朦的夜空
  尽管巨石砌就的嵯峨酒店
  提供了观赏魔都灯景的最佳角度
  您却数度举手
  让人注意到天上长臂指针般的两颗小小星宿
    心宿二,北极星
  以及,白雪般飞过明与暗的江鸥

我最喜悦的，

其实不是江风，也不是夜空

将二〇一八年夏至这天

抟成一个透彻闪亮的玻璃球

汇聚着长昼光明飞来

能于其中栩栩看见过去、现在、与未来的

是您九十五岁仍不息劳作的双手

与散发坦然坚固自信的面容

——艺术是百年事，不是孝行。

时间极厉害，我们且看。

是的，时间极厉害

它陶铸万物，煎熬生命

我又怎能且看！

  十一月二十二日晚上，她说："我很快不做《笔会》主编了。"同时发来一首诗，"刚写的。"

  去，出门去，

对寒风

合掌，

对落尽叶子的笔直杨树

感恩。

出门去，

对堤上面朝黑暗江面落泪的姑娘

划十字，

对亭子里用纸盒严肃地为自己铺床的流浪儿

感恩。

就像，

你对你病重的、亲爱的姐姐，

说感恩。

我说："以后就写写这样的东西吧。"

如果写诗能带来安慰，哪怕只是一点点，在这样的时候。这是我软弱的想法；而在她，带来了更多，安慰之上的，对生活更宽大更深切的理解，充盈她一直保持未失的勇气。

她说:"等这样的东西来写我。"

二〇一九年十月三十一日

图书在版编目（CIP）数据

要是沈从文看到黄永玉的文章/ 张新颖著. -- 上海:上海文艺出版社,2021
ISBN 978-7-5321-7933-6
Ⅰ.①要… Ⅱ.①张… Ⅲ.①沈从文（1902-1988）—文学研究—文集
Ⅳ.①I206.6-53
中国版本图书馆CIP数据核字(2021)第082027号

发 行 人：毕　胜
策 划 人：李伟长
责任编辑：胡曦露
装帧设计：人马艺术设计·储平

书　　名：要是沈从文看到黄永玉的文章
作　　者：张新颖
出　　版：上海世纪出版集团　上海文艺出版社
地　　址：上海市绍兴路7号　200020
发　　行：上海文艺出版社发行中心
　　　　　上海市绍兴路50号　200020　www.ewen.co
印　　刷：上海盛通时代印刷有限公司
开　　本：787×1092　1/32
印　　张：6.375
插　　页：4
字　　数：93,000
印　　次：2021年7月第1版　2021年7月第1次印刷
Ｉ Ｓ Ｂ Ｎ：978-7-5321-7933-6/I.6291
定　　价：56.00元
告 读 者：如发现本书有质量问题请与印刷厂质量科联系　T:021-37910000